マリコにも ほどがある!

林 真理子

文藝春秋

目次

自慢ですが　8
篠山さんのこと　13
寒い！　18
腹が立つ　23
動き出した　28
日本女性の未来　33
有名な人　38
故郷の鮨　43
ウィ・アー・ザ・ワールド　48
不適切な時代　53
古来まれなり　58
イッペイさんへ　63
心と精神　68

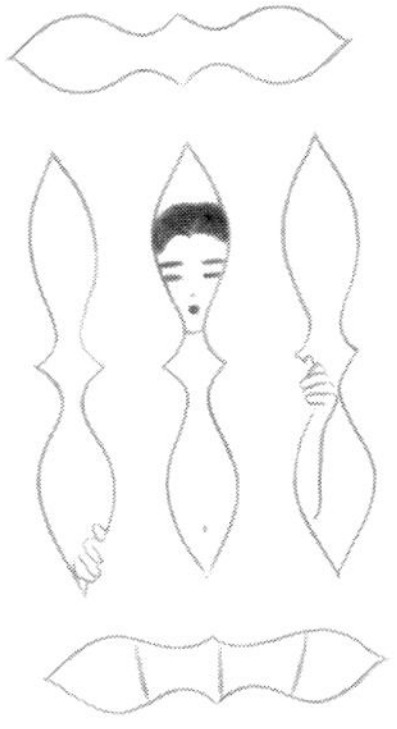

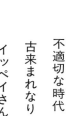

続いている 73

高知愛プラス 78

暖簾 83

ゴールデンウィーク 88

見出しについて 93

言葉は、弱くて強い 98

ベルトコンベア 103

ドーナツが食べたい！ 108

文化の壁 113

七十歳でわかったこと 118

「労災はありません」 123

行進が始まる 128

選択を超えて 133

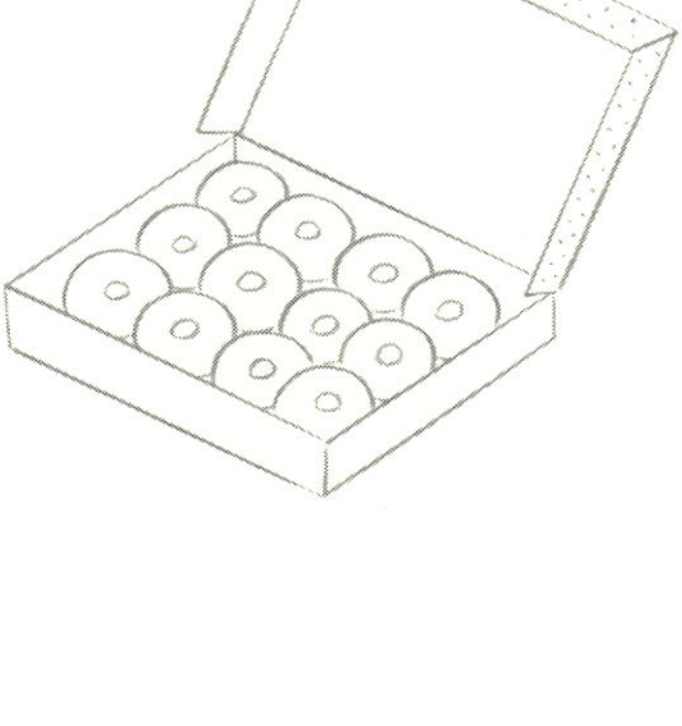

推します　138

京の女性リーダー　143

オリンピックウィーク　148

開会式を自慢する　153

懐かしのテニスコート　158

愛校心とランタン　163

ネットと皇族　168

ナマステ!　173

バチがあたる　179

秋が来た　184

創立記念日　189

オバさんは思う　194

読書週間　199

残念　204
国難に向けて　209
文藝手帖、お前もか　214
谷川さんのこと　219
アリダサイコー　224
資生堂のポーチ　229
朝食の幸せ　234
星に願いを　239
銀座の不思議　245
特別編　すべてはここから　250

装画　深川優
装丁　大久保明子

初出　「週刊文春」二〇二四年一月一八日号～二〇二五年一月一六日号

マリコにも

ほどがある!

自慢ですが

あけましておめでとうございます。

この原稿が正真正銘、今年初めて書くものだ。

新年そうそう、私はかなり意地の悪いことをやった。それは雑誌やＹｏｕＴｕｂｅを、手当たり次第に調べたのだ。

なにしろ、新年すぐのことだから、暮れの占いのものはいっぱいあった。そしてどれも、この元日と二日に起こった大災害について触れていないのだ。

「人との絆がさらに求められます」

「辰年ですから、風に関することが出てきます」

とかあたりさわりのないことばかり。

私はもう、占いなどというものを信じないことにした。新年そうそうのこの大災害を予言出来ない占い師って何なんだろう。

この真冬に、多くの人が避難所で寒さと飢えに震えていると聞いて、気が気ではない。道が通れず、支援物資がうまく運べないとか、孤立している集落もあるとかで、テレビを見ていると、地団駄を踏みたいような気分になってくる。

一月一日、地震の直後はまだその全貌がよく見えていなかった。途中からバラエティ番組に切り替えた局もある。私はそれもいいと思う。それぞれの考え方があるのだし、全部が全部右へならえ、ということもない。〝不謹慎狩り〟はもうやめにしよう。

そして日本テレビは絶対に、途中から通常の番組に戻すだろうと思ったらやはりそうだった。マツコの「月曜から夜ふかし元日ＳＰ」は私も見たが、たぶん翌日の箱根駅伝の〝試金石〟だったに違いない。なにしろ箱根駅伝は二十六パーセント以上の視聴率をとる番組なのだ。中止というわけにはいかなかっただろう。

青山学院大の原晋監督もそのことはちゃんと心得ていて、優勝の会見でまず被害に遭った方々への見舞い、そしてこんな中でも開催してくれた関係者へのお礼の言葉も口にした。とても感じがよかった。

その駅伝であるが、二日も三日ももちろん応援しに行った。なにしろ日大が四年ぶりに出場するのだから。

実はゴール姿を見ようと、大手町に行ったのは初めてではない。私は駅伝が大好きで、友人たちと応援タオルを持って何度か出かけたものだ。が、大手町の地下鉄の駅を出るとものすごい人で、背伸びしながらやっと選手たちを見た。想像以上にすごいスピードで、あっという間に通り過ぎていく。

今回わかったのであるが、出場校は応援の場所をわりふられていて、そこにOB、OG、関係者が集まるのである。朝の七時半に行ってみるともうブラバンやチアリーダーが出ていて、それぞれパフォーマンスをやっている。隣は中央大学であるが、ここもとてもにぎやか。

「皆さん、お疲れさまです」

と声をかけた。

「みんな、誰だかわかるよねー」

と部長が言ったが、みんなもじもじ。

「そうだよねー。いつも怖い顔して謝ってばかりだもんねー」

それでも一緒に校歌を歌ったり、手拍子をとったりしているうちに、学生もなれてきて、

「ハヤシさん、写真一緒に撮って」

「ハヤシさん、ここ、よく見えるよ」

と声をかけてくれる。スタートの時は団子状態でよく見えなかったが、ゴールする時は、選手ひとりひとりがくっきりわかる。と言っても、やはりものすごい速さであるが。

今日の私たちの陣地の隣は、道路ひとつはさんで青山学院。ものすごい人だかりである。私

たちもあんな風になりたいと心から思う。

そしてその青学であるが、余裕を持って一位到着。しかしなかなか駒澤大学がやってこない。今年は優勝確実と言われていたのに驚きだ。

やがて騒がしくなり、白バイがやってきた。駒澤の選手に私たちもみんな声援をおくる。駅伝のいいところは、他校の学生でも、前を通ったら精いっぱいの応援をするということ。それにたいていの大学は、何らかの縁があるのだ。

もう亡くなった父や叔父、従兄たちの母校が出場している。ガンバレ！と、目の前を走る選手に声をかけていくと、彼らの顔が浮かんでくる。叔父も従兄もあの時代、山梨から東京へ進学させてもらい幸せな学校生活をおくったんだろうなあと思いたい。

そんなことをしているうちに、いよいよ日大が近づいてきた。

「ハヤシさん、〝リューヘイ、詰めるよ〟って叫んでくださいね」

隣でピンクののぼりを持っているチアリーダーのコが言う。アンカーの選手が、リューヘイというのだ。

「わかった、〝リューヘイ、詰めるよ〟だね」

皆で叫んだが、学生とは声のトーンがまるで違う。若いというのは、声がこういうことなんだ。

そしてわが日大は、十五位と善戦した。予選会から勝ちあがって、新しい監督の下、頑張ったのだ。走る選手を見ていると、目頭が熱くなってくる。

さて、二〇二四年はどんな年になるのだろうか。私個人に関しては、あまりいいことがないかも。その理由を書いていくと愚痴になるから言いませんが、昨年は小説を全くといっていいほど書かなかった。小説の連載はひとつもなく、このエッセイと「ａｎａｎ」のコラムぐらいしか書いていないのだが、それでも「二足のワラジはやめろ」とか叩かれ、すっかり嫌になってしまった。毎日朝から夕方まで日大にいるのだから、小説など書けるはずもない。

小説誌に短篇を書く約束も、三度ぐらいキャンセルした。

「それでは二月号に、二十枚でいいですから」

というので冬休みに入ってから書き始めたら、なぜかすらすら書けて、あっという間に四十枚。休んでいても、走ろうと思えば走れるのだ。これは嬉しかったなあ。愚痴から自慢となりましたが、今年もよろしく。

篠山さんのこと

篠山紀信さんが亡くなられたことは、かなりショックだった。

最後にお会いしたのは、おととしの六月。日大理事長の公式写真を撮っていただいたのだ。

「お祝いだからお金はいらないよ」

とまで言ってくださった。

篠山さんも日大芸術学部ＯＢである。昨年の不祥事で、がっかりさせたのではないかと非常につらい。

思えば、要所要所でいろいろ撮っていただいている。作家でいえば、瀬戸内寂聴さんの次ぐらいはいったのではなかろうか。

結婚式の時だって、ウェディングドレス姿の私を夫と一緒に撮影してくださった。この時は面白がって、わざわざ写真館と同じような台紙をつくってくださったのである。

その後、「婦人公論」の表紙になった時は、ちょうど妊娠中であった。

「マリアのイメージでいこう」

と、ぽっこり大きなお腹の写真もパチリ。小説誌の「作家の仕事場」シリーズで、お会いしたのが最初であったか。

親しくさせていただいていたのは、やはり九〇年代だと思う。あの「Ｓａｎｔａ Ｆｅ」が社会現象になった時だ。これにはちょっとしたエピソードがある。

あるファッション誌の編集者と食事をしていた時、彼がこんなことを言った。

「このあいだ篠山さんとお酒飲んだら、ポロッとこんなことを言ったんだよ。近々、とんでもないスターのヌード写真集が出るよって」

「とんでもないスターって誰だろう」

「吉永小百合さんかな」

「違うんじゃない」

私たちはいろいろ推理した。そして「とんでもないスター」というのは、今をときめく宮沢りえさんではないか、という結論になった。現在宮沢りえさんは日本を代表する大女優であるが、八〇年代の終わりはトップアイドルであり、愛くるしく清純な笑顔をテレビで見ない日はなかった。

噂というのはこういう風に拡がるのだと思うのだが、二日後、「週刊文春」の担当者に会った私は、こっそり告げた。

「篠山紀信さんが、宮沢りえちゃんのヌード写真集出すみたいだよ」

「えー、本当ですか⁉」

彼は半信半疑でデスクに告げた。そして、

「ハヤシさん、デスクに話したら怒鳴られましたよ、宮沢りえが脱ぐわけないだろ、バカヤロー！って」

スクープを教えてあげたのに、世間はそんなものだったのである。それにしても私もまだ若くて口が軽くてすみませんでした。

それなのに篠山さんは発売直前に、「Ｓａｎｔａ Ｆｅ」を送ってくださったのである。しかもサイン付きで。

もちろん世間は大騒ぎ。本屋さんはどこも売り切れ。いろいろなところから、

「ハヤシさんなら持ってるでしょ。ちょっと拝借」

「コメント求められてるから、ちらっとでも見たい」

と求められ、いろんなところにお貸しし、その後行方不明になった。今となっては残念でたまらない。

当時、映画や写真でヘアを写すことは許されなかったのであるが、篠山さんは果敢にこのタブーに挑戦していく。ベストセラーの写真集を次々と出し、既成事実として承認させていくの

である。これひとつ取っても、篠山さんは歴史に残る人なのだ。

しかしあまりにも「ヘアヌード」「ヘアヌード」と言われることに、ちょっと嫌気がさしてきたのではないか。嫌気がさすと、ふつうの人ならやめてしまうのであるが、何か別の面白いことで見返してやれと考えるのが、篠山さんのすごいところである。

そんな最中、新幹線に乗っていたら前の席に見憶えのあるもしゃもしゃ頭がのぞいていた。挨拶にいったら、

「ちょっといい?」

と隣の席に移ってこられた。そしてこんなことを延々と話されたのだ。

「ヘアヌード、ヘアヌードってあんまり言われるから、今度ヘアだけの写真集を出そうと思ってるんだ。ヘアだけでもこんなにエロティックだってことを知らせたいよ」

「へえー、面白そうですねー」

あいづちをうちながらも、私は気が気ではない。なにしろ話題の中心人物が、かなり大きな声で「ヘア、ヘア」と言っているのだ。まわりがいっせいに聞き耳をたてているのがわかる。

「それでさ、ハヤシさんにその写真集にエッセイ書いてほしいんだけどよろしくね」

「わかりました」

書きました。女性の下半身だけの写真集なんて、後にも先にもあれだけだろう。

その頃、なぜかカトリーヌ・ドヌーブと対談する仕事があった。当時私は歯列矯正をしてい

て、世界的大女優は、

「この女、なんなの?」

という表情を隠さなかった。写真は篠山さんである。篠山さんはいつものようにひょうひょうとシャッターを押し、ポラロイドを見せた。するとじっと見ていたドヌーブさんは、

「今度日本に来る時連絡するから、あなたの電話番号を教えて」

と言ったのだ。さすが大物同士は通じるものがあるのだと感じ入った。

それからは撮っていただく機会も減り、三年前、菊池寛賞の授賞式でご一緒した。長年にわたって活躍する人に贈られる大きな賞を、篠山さんといただくのは恐縮でもあり喜びでもあった。

相変わらずもしゃもしゃ頭で、ユーモアに富んだスピーチをする篠山さん。ずーっとずーっとあのまま存在する方だと思っていた。

あの楽しく刺激的な八〇年代、九〇年代は遠いものになり、本当につまらない嫌な時代になった。人々は保守的になり、目立ったり、面白いことをしようものならネットで襲いかかられる。篠山さんもあの時代ももう戻ってこないと思うと、深い深い喪失感だけが私をおおう。

寒い！

年をとると、寒さが本当につらくなる。

朝起きて洗面所に行く。身じたくをしながら震える私。

「寒い……」

そして私は毎朝能登の人たちのことを考える。北陸の寒さはこんなものではないだろう。そのうえ避難所で暮らしているのだ。床の上に直に眠っている。着の身着のままで、お正月以来、お風呂にも入れないと聞いている。

私と同じような年齢の人たちが身を寄せ合うようにして、ストーブにあたっている姿をニュースで見るのはせつないものだ。なんとか早く、安全で暖かい場所を確保してほしい。国や県が二次避難場所を用意しても、行く人があまりいないと聞いた。住みなれた場所を離れたり、近所の人と別れたりするのに抵抗があるようだ。なんとかいい手だてはないものだろうか……。

寒い、寒いとつぶやきながら、とにかく着替えて階下に行き、セコムのセキュリティをはずして暖房をつける。そこでほっとひと息つく。

そこからまたひと仕事。玄関に行き扉を開け新聞を取ってくる。この頃になると体もややあったまってくるのだ。

コーヒーを淹れ、シリアルと牛乳の朝ごはんを食べ、朝ドラを見、お化粧をしてから大学へ向かう。

この建物がこれまた寒いときている。昭和の建物で、熱効率をあまり考えていない。廊下も冷えるし、部屋も冷える。自分のうちから電気ストーブを持ってこようかと考えているほどだ。

そしてお昼にお弁当を食べる。これはあらかじめメニューを決め、何人かでまとめて買ってきてもらうものだ。

おとといはシューマイ弁当で、昨日はトンカツ弁当であった。シューマイ弁当は大好きであるが、こう冷たいお弁当ばかり食べるのはちょっとナンである。

半年前までは大学の秘書と二人、そこいらをぶらぶら歩き、ラーメンや定食を食べに出かけたものだ。それが不祥事による騒ぎで、昼食に出かけられなくなった。マスクをして歩いていても、

「ほら、ほら、あの人」

と振りかえられたりするからである。そんなわけで毎日がお弁当となりだんだん飽きてきた。

冬に温かいものを口にするというのは、メンタル的にも非常に重要なことではないかと思う私である。

そんな日々であるが、昨日は直木賞選考会であった。私にとっては年に二回の非常に重要な日。

暮れに候補作が届くたびに身がひき締まる思いになる。この何年か大掃除もせず、おせちも自分でつくらないのは、ひとえに候補作を読むためである。私が選考委員になったばかりの頃、重鎮の作家の方々は候補作を読むために、ホテルに入ったり温泉に行ったりしていた。別荘に行くという方も。

私もそういう日々に憧れたが、うちを離れることも出来ず、あわただしい日常の中で本を読むこととなる。

正月になり、駅伝を沿道で応援したり、だらだらとＮｅｔｆｌｉｘを見たりしているうちに、冬休みはあっという間に終わる。そして後は選考会の日まで計算しながら読んでいくことになるのだ。

そして選考会の日、会場は築地の老舗有名料亭、大広間で行なわれる。ここがまただだっ広い。冷えないように、膝かけが用意されている。熱いコーヒーをいただきながら議論していく。

今年はなんと三時間もかかった。

うちの秘書に言わせると、

ある作品をめぐって、選考委員たちがいろいろな解釈を述べ、それがとても楽しかったからだ。

が、中にいる私たちは長いなどとはまるで感じなかった。

とXでささやかれていたそうだ。

「もめているんだな」

「すごい議論になっているんだろう」

「えー、そんな風にとらえていたのか」

他の方の考えが目からウロコで、感心したり驚くことしきり。

受賞作が決まり、皆で拍手し、そこで記録的長さになっていると初めてわかったのである。

今回は私が推した二作品が受賞となり、

「ハヤシさん、講評の記者会見お願いします」

と頼まれた。

昔はこの料亭で記者たちが待っていて（なんと料亭のお弁当が出ていた！）そこで記者会見であったが、今はリモートである。

「記者会見、慣れてるんだからよろしくね」

と何人かの選考委員に声をかけられ、すぐにはわからなかったが、ちょっと考えそういうことかと理解した。皆さんからかっているのだ。

「私、よほど怖い人と思われているらしいんで、にこやかにやってきます」

と返した。

さて選考会の後の食事も終わり、二次会はホテルのバーへ。ここで記者会見を終えた受賞者の方がやってきて、軽くお祝いをすることになっているのだ。

まずは河﨑秋子さんがやってきた。

この方は『ともぐい』という、凄まじい迫力の小説をお書きになった。一人で山で暮らし、鹿や熊を獲って生きていく猟師の物語である。

この方はとてもいい面構えをしていた。女性に面構えという言い方は失礼かもしれないが、がっしりとしていてとても小説を書く女性には見えない。北海道でこのあいだまで羊飼いをしていたそうである。

「専業作家になることを決めて、このあいだ六十頭の羊を手放しました。それがとてもいい値段で売れたんですよ」

という話を淡々となさる。すごいと私はもうたまげてしまった。そして、

「お住まいの十勝、寒いでしょうね」

とんちんかんなことを口にした。

「寒いですよ」

それが何か、と言いたげ。全く新しい作家が現れた。

腹が立つ

能登地方、断水だった地域で、やっと水が出た。

蛇口をひねったら出てきた水に、

「ありがたい、ありがたい」

と手を合わせる老夫婦。目に涙がにじんでいる。

後ろの若い男性は、東京都水道局のベストを着ていた。そして、

「よかったですね」

と声をかける。すると夫婦は彼の方を向いて拝む。

「ありがとう……、ありがとうございましたねぇ……」

照れたように笑う眼鏡の男性。ニュースで見ていてじーんとしてしまった。こちらまで泣けてきそう。

人に手を合わせてお礼を言われる。そんな仕事をしている人は、この世にそれほど多くないだろう。この若い男性は、水道の仕事をしてよかったと心から思ったに違いない。もしかしたら同級生の中には、ＩＴ方面に就職して、彼よりはるかに高い給与を貰っている人がいたかもしれない。だけどそんなことはすべて帳消しになっただろう。人のために働くって、なんて素晴らしいことなのかと、水道局の男性は私に教えてくれたのである。

というのも、私が四十年、フリーランスで物書きという、そう人に感謝されない仕事をしていることもあるが、それ以上に最近ちょっと世の中のタガがはずれているなと感じることがあるのだ。

まず飲食店の予約がまるでとれなくなった。ちょっとフンパツして、河豚《ふぐ》でも食べようとしても、予約は二ヶ月先ということになる。和食やお鮨屋の値段がうなぎ上り、このあいだまで二万から三万円ぐらいで食事出来たところが、五万がふつうになった。ある日突然値上がりしたのである。もう行けない。

つい先日、暖簾《のれん》分けされたお鮨屋さんに行った。いったい幾らぐらいだろうかとちょっとドキドキ。しかし新しい店だし、店主は若い。そんなアコギなことはしないはず。しかも今日は、親しい男性三人と私でワリカンで食べる会なのである。

そう高くないシャンパンを一本頼み、あとは日本酒をちびちび。最後にカードをそれぞれ出した。サインする時にびっくり。なんと七万円とある。

そりゃ、そんなところに行くお前がいけない、と言われたらそれまでであるが、最近のお鮨屋の高さは、私の想像をはるかに上まわっていたのである。

この店がおいしい、と言って誘ってくれたA氏以外はみんな怒った。もう一人のB氏から、二度と行かない、というLINEが来た。C氏は仕事があって、私たちより一足先に帰ったのだが、その時、

「請求書を僕の事務所にまわして」

と名刺を置いていったのであるが、後から金額を見てびっくり。

「僕一人分の請求書のはずだけれど、何かの間違いでは」

とお店に電話をしたという。かなりお金持ちのB氏もC氏も、びっくり仰天したこのお鮨屋のカウンターには、若い人がずらり座っていた。

そしてこのお鮨屋は、早くも予約困難店になっている。何かがおかしい。

「今は間違いなくバブルだよね」

先週食事を一緒にした人が言う。そしてやはり同じことを口にした。

「インバウンドの人たちだけじゃなくて、目の玉が飛び出るような値段の店に、人がうじゃうじゃいる。高いものがやたら売れる」

私はため息をついた。

「でも、今度のバブルは、私のところにはまるでまわってきませんよ」

第一次バブルは、ちゃんと下の方まで潤っていた。ふつうのサラリーマンも、お給料やボーナスが上がったうえに、交際費もいっぱい使えたはず。

某出版社の編集者たちは、いつもタクシーチケットの綴りを持っていたっけ。それをたまたま居合わせたお店の客たちに配ってあげていたのだ。

この頃タクシーチケットの綴りなんか見たことがない、などと愚痴を言っても仕方ない。世の中には、どこかに確かにバブルというものが発生しているのだ。

そのバブルの象徴のような、南麻布の高級お鮨屋で、店主と港区女子とのバトルがあり、大変な話題になっている。

つくづく世相というものは面白く、ある社会情況が膨張すると、パチンとはじけるように何か事件が起こるのだ。

港区女子の態度が悪いと店主が怒り狂い、そのありさまを彼女がXに投稿した。

港区女子というのは、麻布や青山といった華やかな場所で生活し、活動している女性のことらしい。起業したり、大手企業に勤めて収入もいい。美人でプロポーションに気をつけている。髪やネイルに凝っていることといったら、驚愕ものだ……。そう、高級店のカウンターに座っている女性たちだ。ものすごいキラキラネイルの指で、シャンパングラスを持つ彼女たちを、いつも訝しく見ていたが、ああいう人たちを港区女子というのだと、少し前に人から教えられた。

　が、バブルの時にもああいう女性たちはいくらでもいたはずだ。ボディコンを着て、高い店に現れたものだ。あの彼女たちと港区女子たちとどこが違うのだろうか。現代の港区女子たちは自分でも稼いで、自分よりもはるかに高収入の男性を見つけるのか。ふーむ。

　と、ここまでこの事件のことを書いてきてなんだか空しくなってきた。若い女性が港区の鮨屋で起こした事件について、皆が夢中になって議論するなんて。そして厳冬の能登で、体を張って水道を通した、東京都水道局の男性のことを思うと、次第に腹が立ってきた。港区女子にも、またバブルの時と同じように、おいしいもののことばかり考えている私にも。

動き出した

ＪＡＬに、ＣＡ出身の女性社長が誕生する。

本当に素晴らしいことである。拍手しながら、私はサナエちゃんのことを思い出した。

昔はよく私のエッセイに出てきたサナエちゃんとは、生まれた時からずっと一緒であった。田舎の駅前の小さな商店街で、うちから四軒め。同い齢で仲よし。

新社長と同じように、短大（当時大人気の青山学院）を出てＪＡＬに入った彼女はとても優秀で、たちまち頭角を現したらしい。総理大臣を乗せる特別フライトを経験したりし、長く教官をしていた。

昔はＪＡＬに乗ると、

「教官にお世話になりまして」

とよくＣＡさんに声をかけられたものだ。最近はさすがに少なくなり、そう言ってくれるのは白い制服のチーフの方ぐらいになった。

とにかくサナエちゃんは、よく働いて社内で認められ、辞めた時は部長だったと記憶している。

私は今度のことで、さっそくＬＩＮＥした。

「サナエちゃん、あと十年遅く生まれてたら、きっとサナエちゃんは社長になれたよ」

「そしたら、マリちゃんとは出会ってないじゃん」

「そんなことないよ。近所の可愛い子としてサナエちゃんと遊んだよ」

「きっと作家のマリちゃんに憧れているよね」

これにはじーんときて、

「おたがい長生きしようね」

と結んだ。

ＪＡＬの新社長就任をはじめとして、最近女性の社会的地位が大きく変わろうとしている。私の世代だと、ウーマンリブの運動が展開されたが、それらが成し得なかったこと、遅々として進まなかったことが、この頃、ぽーんといっきに変わったという感じ。

上川陽子外相の外見を揶揄《やゆ》したとして、麻生太郎氏が批判されている。

「このおばさんやるね」

「少なくともそんなに美しい方とは言わんけれども」

この発言はルッキズムだ。

以前だったら見逃されたこのようなことが問題視されるのは、とてもいいことだと思う。

私など昔から、いつもこの種のことをやられて、どれだけうんざりしたことであろうか。

つい先日、あるパーティーで名刺交換をした。相手はお爺さんで、自分が建築屋としてどんなにすごいか、ということを延々と話すのである。有名な建物の床も、そのお爺さんの会社が施工したそうである。

「そうですか、すごいですねー」

あいづちをうつ私。その後、

「だけど、アンタの体重だとね、床が抜けるからねー、来ちゃダメだよ」

田舎のお爺さんは、これがユーモアだと思っているから始末が悪い。少なくとも、初対面の来賓に言う言葉じゃないでしょ。

「そういうのセクハラですよ」

思わず声に出た。

「私はそこには何度も行ってるからご心配なく」

思いきりイヤ味を言ったのであるがきょとんとしている。自分では親しみを込めて冗談を言ったつもりらしい。日本のお爺さんにこういう人は、まだいっぱいいる。

上川陽子大臣は、どうして怒らないのかと、テレビで女性コメンテーターは言うが、私はさすがと感じた。私のように怒るのはカンタンであるが、軽くいなすのははるかに高度な技である。

「さまざまな意見があることは承知しているが、どのような声もありがたく受け止めている」

これは麻生さんへの、かなりの嫌味ととった。

上川さんとはほぼ同い齢。私なんかから見ると目もくらむような経歴である。そのような方でも「おばさん」などと言われるのが、日本の社会である。今まではあたり前のようにスルーされてきた、ちょっとした暴言であるが、もう社会は許さなくなっているのだ。

そしてこのような時、デキる女はどう対処するか、鮮やかに見せてくれた上川さん。

風は吹いてきた。日本で初めての総理大臣というのも、現実のものになるかもしれない。

さて、ちょっとした暴言も問題になるようになったわが国。たとえ数年以上前のことでも、性的暴力は絶対に許されない。

松本人志さんについてであるが、私がまず思ったのは、どうして一対一で口説かないのだろうということである。

もし私が地方に住む女の子だったとする。若くて容姿にも自信がある。そんなある日、東京からスターがやってきて飲み会に誘われた。絶対に行くはずだ。ドキドキして、うんとおしゃれして。

そしてスターさんの隣に座り、楽しいひとときを過ごす。そしてこっそりコースターを渡される。部屋番号が書いてある。たぶん私は行く。そしてその部屋で二人きりになり、やさしくされたら、きっと断わらない。青春の思い出として……。そして帰りはやさしい言葉が必要。私はタクシー代なんていらないけど、携帯の番号は欲しい……。

と、ここまでの手続きを踏めば、誰だって恨まなかった。地元の仲のいい友だちには言いふらすが、「週刊文春」にチクッたりはしない。

それを松本さんの場合、子分の芸人たちが囃《はや》し立て、無理やりに〝上納品〟みたいに、二人きりの部屋に押し込もうとしたらしい。もし本当ならば、身の毛がよだつほど、おぞましい光景である。

こんなことをすれば、松本さんへの好意と好奇心とでやってきた、女の子の心はズタズタになるはず。

女性の尊厳を損うことは、絶対に許されないとようやく皆が気づいた。そして同じぐらいの強さで、優れた女性はきちんと評価すべきと社会が気づいた。

ＪＡＬの新社長就任と、松本さんの事件は源流は繋《つな》がっているのである。許さないことと、認めること。私たちはずっとこれを待っていた。

日本女性の未来

朝刊の広告に開成中学の、算数の入学試験問題が載っていた。

ためしにやってみたところ、まるで出来ない。というよりも質問の意味さえわからない。私はある時から、大学入学共通テストの問題を見ないようにしていた。もはや高校生レベルは無理だろうと諦めていたからだ。しかしいくら知力が衰えているからといって、小学生の試験さえも出来ないとは……。涙が出そう。

というようなことを、その日たまたま食事をした知り合いの女性に話したところ、

「あら、あれは私も無理ですよ」

たおやかに笑った。

「あれは特別のテクニックがなければ解けません。日能研とかサピックスに通っていなければ解けないようになっているんです」

この方は東大法学部卒、キャリア官僚という経歴だ。この人が解けない、というのなら私に解けるはずはないなと安心した。いや、私を慰めるために嘘を言っているのかもしれない。本当に頭のいい人は、謙虚で優しいということを私は知っている。

おまけにこの方はとても綺麗、おしゃれで知的な美人……とか言うと、ルッキズムがどうのこうのと言われる世の中であるが、美しくて頭がいいときたら、ひれ伏してもう憧れるしかないでしょう。

ところでルッキズムといえば、ミス日本に選ばれたウクライナ出身の女性が、不倫をしていたと「週刊文春」に書かれたことによって、その地位を辞退してしまった。なんだかとても後味の悪い事件であった。

そもそもこの「ミス日本」というのがよくわからない。このコンテストは、ファイナリスト全員に着物を着せ、それをスポーツ紙に載せる。どういうことかというと、着物が似合う女性こそ、日本美人の条件、ということを公にしているわけで、これとダイバーシティを謳うというのは、矛盾とまでは言わないが、まあちぐはぐである。それが何を考えたか、外見はウクライナ人、という女性を「ミス日本」に選んだ。話題性もあったろう。しかし、誰かも言っていたが、この女性がロシア人だったらどうだっただろうか。二次ぐらいで落としたような気がする。

今、ウクライナ出身であるということは、とても崇高なことで、それは日本女性の精神に通じる、というのが審査員の見解だったんだろう。

つまり今、ウクライナという国がロシアの横暴にじっと耐えている力が、日本女性の耐え忍ぶという美徳と重なったということだろうが、この発想自体がかなりアナログだ。

そしてさらにびっくりしたのは、日本女性の美の手本となるべき人は、不倫をしてはいけないということ。

選んだ関係者もそう思っているようだし、ネットに投稿するような普通の人たちも、そう考えていることにたまげてしまった。

今日び、若い女性が、お金を持っていて仕事が出来るおじさんとつき合うのはいくらでも聞く話だ。

もちろん誉められた話ではないが、好きになったら仕方ない。ところがこの頃の世の中が急にうるさくなってきた。三十年前なら「失楽園ブーム」もあり、世間は寛大だった。しかし今ではＳＮＳというものがあり、ここに生きる人たちはなぜかものすごく古い道徳観を持っている。

「奥さんや子どもを苦しめている」

と断罪する。だから世の中に出ている人、出ようとしている人たちは不倫をしないのが賢明だ。

しかしカロリーナさんとやらは、妻子ある男の人とつき合っていた。そして「ミス日本」に応募した。外国人の外見を持つ自分が選ばれるはずはないと思ったのではないか。しかし「世の中の流れ」や「ダイバーシティ」に敏感な審査員たちは、彼女をグランプリに選んでしまった。

彼女は一夜にして有名人になった。有名人となったら、週刊誌から狙われるのは必定《ひつじょう》。ミス日本が不倫と、「週刊文春」に書かれることになった。

可哀想なカロリーナさん。

が、これを機に居直って、バラエティとかに出てほしい。日本人は、日本語ペラペラの外国人が大好きだから、すぐに人気者になれるだろう。カロリーナさんの頭の回転が速ければ、イーデス・ハンソンさん（古いな）以来の、女性タレントになれるかもしれない。

ところで全然話は変わるようであるが、今日「クローズアップ現代」を見ていたら、ホストのために性風俗で働く若い女性がいかに多いか、という特集であった。

組織ぐるみで、女の子を借金まみれにするやり口が出てきた。それによると、いちばんのカモは、

「世の中のことを知らないで、服がボロいコ。地方出身のコ」

だと。ホストへの怒りで体が震えた。

ちょっと前まで、ホストクラブというところは、お金持ちの女性経営者とか、美容整形クリニックの女性院長が行くところではなかったか。

お金のあるおばさんたちが楽しんでいる分には、世間も何も言わなかったはず。しかし彼らは今、ターゲットを若い女性に定めているのだ。世間知らずの女の子に、とんでもない借金をかぶせる。売春ということを前提として。

大学生だった娘は、借金のために地方のソープランドを転々とし、今行方不明だと嘆くお母さんが画面に出ていた。これは犯罪ではなかろうか。

先週、女性の社会的地位がものすごく変化していると書いたばかり。が、別の場所では旧態依然のままではないか。ミスコンテスト、という、時代遅れのことをやってるくせに、ダイバーシティとか言って時代の先頭にいきたいと思う輩《やから》。そして女性の情を換金しようとするホストクラブ。

今回、この二つのことが徐々にあかるみに出てきた。当然変えなくてはいけないミスコンとホストクラブ。どこかが似ている。何がだろう。

有名な人

下町のおいしいイタリアン。

「カウンター八席借り切ってるから行かない」

と親しい友人から誘われた。

行ってわかった。四人四人のグループに分かれていたのである。

私の友人A氏と、彼の友人のB氏とが自分の友人をそれぞれ連れてきていたのだ。B氏の方は若く綺麗な女性が三人いた。

あちらは私のことをご存知ないようで、A氏が説明する。

「マリコさんは『週刊文春』に毎週エッセイを書いていて、それはギネスにも載ったんだよ」

「へえー」

驚く三人。

「本当に毎週書いているんですか」

「まぁ……、四十年以上書いてますかね」

「すごいですねー」

と頷いたのは、ショートカットの美しい女性。顔が異様に小さい。確か元タカラジェンヌと聞いたような。私の方も質問しないと申し訳ないか。

「えーと、何組にいらしたんですか」

「○○組にいて、それから□□組に移りました」

「今はどんなお仕事されているんですか」

「主に舞台ですかね。最近は△△△に出ました」

「あぁ、あの人気のミュージカルですね」

家に帰ってから気になったので、ヨガ仲間のグループＬＩＮＥに問うてみた。

「皆さん、こういう方とさっきまでご一緒でしたがご存知ですか」

「キャーッ♥」

「!!!!」

たちまち数人からわき起こる文字の絶叫。彼女たちは熱狂的なタカラヅカファンなのである。

「マリコさん、その方は元、□□組のトップスターではないですか！」

「××さま！　私、大ファンでした」

「××さまは、このあいだ女性誌の表紙になったんですよ」

申し訳ないことをした。かねてより、スポーツ選手と宝塚の方々は気をつかわなければいけなかった。私が無知なゆえに、名前を言われてもピンとこないのだ。それで失礼なことをしてしまう。

まあスポーツ選手の方々はお近づきになることもほとんどないからいいとして、困ってしまうのが宝塚の方々だ。私のように恒常的に見ているわけではないと、名前が憶えきれない。しかもファンは、「ターさま」とか、「ズンコさん」とか愛称で呼ぶのでますます混乱してしまう。ヅカファンの友人たちの会話にまるでついていけない。

先日、そのうちのひとりの自宅で鍋パーティーがあったのだが、終わった後はＤＶＤ鑑賞会。みんなで過去の名作舞台を見る。

そして、この時の何々さんがあーだった、こーだったと嬉々として語り合うのだ。フリーランスで働いている女性が多いので、スケジュールは宝塚を中心にまわっているといってもいい。本場の宝塚大劇場はもとより、博多や韓国にもとんでいく。チケットを手に入れるために、一人一人が大変な努力をして、皆にまわす。本当に宝塚を愛しているのだ。そんな彼女たちにとって、私の元トップスターさんへのふるまいは、信じがたいものだったらしい。すみませんでした。そしてそんな彼女たちにとって、今度の宝塚の事件は、つらく悲しいことであったようだ。

「外部の人間はわからないことだし……」

と口を閉ざす。

「生徒はみんな一生懸命やっているのは確かなんです。私たちは変わらず応援するだけ」

ところで、A氏グループのこちら側に、映画関係の方がいた。こちらはA氏からあらかじめ情報を聞いていてよかった。大ヒット映画を次々と生み出しているプロデューサーである。相当に有名な方らしい。らしい、と言うのはこれまた失礼であるが、別の世界にいる人間にとって、映画プロデューサーの名前は知らないのがふつうではなかろうか。みんなが知っているのは、ジブリのプロデューサーの鈴木敏夫さんぐらい。

この方は男性にしては珍しく、私の本を何冊も読んでくださっていた。私もこの方が手がけた映画を二本見ていた。こうなってくると会話もはずむ。よかった、よかった。

その最中、彼は突然尋ねた。

「あの、ハヤシさんは結婚してらっしゃるんでしょうか」

「ええ、してますよ」

「えー！」

ものすごく驚かれた。

「ハヤシさんと結婚する男性が、この世にいるなんて」

聞きようによっては非常に失礼な言い方であるが、全くそうはとらなかったのは、その前に小説『愉楽にて』の話をしていたからだ。

「あんな官能的な話をよく書けますよね。あれは実体験なんですかね。そうだとしたらすごいですよねー」

作家にとって、結婚しているのか、と聞かれるのは実はとても嬉しいことだ。私生活がわからないということ、生活臭がしないということだ。

昔、渡辺淳一先生がお元気な頃、こうおっしゃったことがある。

「講演の最後の質問で、中年の女性が手を挙げて、あなたは結婚しているのか、と聞いてきた。びっくりしたが嬉しかったねえ」

『失楽園』の頃だったろうか。

そのプロデューサー氏は帰り際、A氏グループの皆に苺の箱をお土産にくださった。

「まっ、千疋屋」

千疋屋とか村上開新堂のクッキー、すし萬の大阪すしは、わかる人にしか持っていかない。開新堂のクッキーなんて、いただいても自分で食べたことがない。すぐに大切な人にまわす。入手困難で、ある一定の人たちが、価値をわかってものすごく珍重する。これって宝塚に似ているいると思いませんか。

故郷の鮨

このところ週末は、地方に行くことが増えた。各地の大学の校友会が、総会のシーズンを迎えるからである。そこへ出席して挨拶する。

近くだと日帰りに、遠いところだと一泊することになるのだが、先日の宮崎は大変だった。プロ野球のキャンプ真っ盛りで、どこのホテルも満員である。やっと駅近くのビジネスホテルがとれた。

校友会の若い人たちと夜遅くまで飲んで、帰ってきたのは十二時近い。こういう時、寒々しく狭い部屋というのはちょっと悲しいかも。しかし私には明日、お楽しみが待っているのだ。

ご存知のように、どこに行ってもまず食べることを考える私。

「宮崎でなにかおいしいものを食べて帰ろうね」

と秘書と約束していた。

宮崎出身の漫画家、東村アキコさんに聞いたら、何軒かを紹介してくださった。その中からお鮨屋さんを選んだのだ。ここでお昼に食べるために、帰りの飛行機も一便遅らせた。その甲斐あって、とてもおいしいお鮨を堪能できた。堂々たる構えで、カウンターから見えるお庭も立派である。

一万円のコースを頼んだところ、茶碗蒸しなど料理が三品ついて、七貫握ってくれた。もうお腹がいっぱい。マグロもおいしいし、ちらりと塩をつけたイカも最高であった。

「週刊文春」のお店探訪ページにも紹介したいぐらいである。

こんな私の鮨好きはかなり知られるようになった。このあいだは、ネットで調べた仙台のお鮨屋さんに行ったところ、

「ハヤシさんって、やっぱり好きなんですね」

とご主人に言われたぐらいである。

私が「昔コハダを三十四個食べた」と言いふらす人が未だにいるが、そんなことはない。二十四個ぐらいである。行きつけのお店のご主人が勝負をしかけてきて、こちらの好みも聞かず、無言で握り続けたのである。当時「わんこ鮨」と呼ばれて、カウンターの人々を驚かせたものだ。

が、それも遠い日のこと。今の私はとてもそんな量を食べられない。それに最近のお鮨屋は、ちょっと高級なところになると、どっさりとおつまみが出た後、握りになるからなおさらであ

る。

以前のように、ちょっとおつまみで切ってもらって、好きなものを七、八貫「つまむ」という行為が出来なくなっているのだ。

あの、「好きなものを好きなだけ」食べられた時代が懐かしい。

とても仲のいい女性編集者がいた。彼女のフットワークの軽さは驚くほどで、パリやニューヨークに行く時、

「来ない？」

と誘うと、軽井沢や箱根に行くような気軽さでついてきてくれる。あるいは二日後ぐらいに現れる。彼女はバイリンガルで、格安の航空券の入手方法を知っていた。そのうえどこにも友だちがいて、ホテル代もかからないのだ。

私はそれに甘えて、随分彼女をひっぱり出した。申しわけないので、食事代は全て私が出して、おいしいものを食べ歩いた。あたり前だろう、と言われそうであるが、彼女はものすごい大食漢であった。ほっそりとした体型なのに、ケーキだとワンホール食べるし、焼き肉だとお肉の他にご飯を丼で二杯食べる。

その彼女と青森に行ったことがあった。なぜなら彼女が、

「私はお鮨を一度もお腹いっぱい食べたことがない」

と言ったからだ。

私はこう提案した。

「あなたの食べる量だと、東京だとちょっとコワいから、青森にしない？　今度青森に講演に行くから、そこのお鮨屋さんに行こう」

地元の友人に頼んで評判の高いお店を予約してもらった。三人でカウンターの前に座る。いざ、勝負。好きなだけいくらでも食べてね。

彼女は私と友人が食べ終わった後も、黙々と食べ続け、カウンターのネタを二往復したと記憶している。

「すごいねー」

と店主は声をあげた。

「こっちのお客さん（私のこと）が食べると思ってたけど違うんだね。すごい食べっぷりだね」

彼女ともう何年も会っていないが元気でいるだろうか。また会いたいものである。

そして今も私はお鮨を食べ続けている。

どうしてこんなにお鮨が好きになったか。それは私が山梨県出身だからだ。

あまり知られていないことであるが、山梨県は人口比のお鮨屋さんの数が日本一。海がないこともあり、お鮨というのは最高のご馳走なのである。

そのわりにはおいしいお鮨屋さんがまるでなく、甲府の高級店といわれるところでもガラスケースの中の魚にラップが平気でかかっていたりする。

そこに出現したのが、私の幼なじみの店。息子さんが銀座の一流店で修業し、三代めとなったのである。たちまち評判となり、遠くからみながやってくる。カウンターで握ってもらうとかなりのお値段となるが、来月予約を五人分入れた。

実は山梨に日大の付属高があるのであるが、ここは私にとって特別の場所。今から半世紀近く前、大学四年生の私は教育実習をしたのである。教師への夢があったのか、と問われると困るのであるが、若き日の私はけなげで一生懸命であった。終わる時、担当してくれた先生から、

「ハヤシさんは教師に向いてますよ。きっといい先生になりますよ」

と言われたほどである。

三月初旬、そこの新校舎が完成し、竣工式がある。セレモニーに出席した後、秘書や他の職員たちとここで早い夕食をとる予定だ。もちろん私のゴチ。

故郷に錦、とは言わないが、故郷の鮨。

「みなさん、いっぱい食べてね」

人にお鮨をご馳走するのは、山梨県人にとって成功の証である。

ウィ・アー・ザ・ワールド

頼まれて、あるオーケストラの財団の理事をすることになった。

それならばもっと勉強しなくてはと、本を買った。楽器を操る人のことを知りたかったからだ。

ちょうどいい本が出ていて話題になっている。今、世界でひっぱりだこのピアニスト、藤田真央さんのエッセイ集『指先から旅をする』だ。

音楽家にも名文家が多いが、この方の文章も非常に面白い。

フランスのナントでベートーベンを弾いた後はすぐにロンドンへ向かいラフマニノフを演奏する。その後、イスラエルのテルアビブで、藤田さんは、

「生涯忘れ得ぬであろう体験をしたのです」

ここで演奏したのは、モーツァルトのピアノ協奏曲第21番ハ長調K．４６７。指揮者は藤田

さんの意図をよく汲み取ってくれた。そしてイスラエルの管弦楽団は、

「ふわっと優しい極上の土台を築き上げ、わたしはその土台にピアノの音をすっと乗せる」

すると、

「瞬間、鳥肌が立つほど美しい音楽の磁場が生まれました」

「それはまったく、信じられないほど素晴らしい時間でした。この音にすべてを捧げたい――震えが止まらなくなるような感覚を覚えながら、わたしはそう願っていました」

これってどういう音楽なのであろうか。私のような門外漢にはまるで想像がつかないのであるが、とにかく奇跡のような時間というものが存在しているというのはわかる。そしてそれを体験出来るのはその世界の一流と呼ばれる人たちだけなのだ。私はこういう人が非常に羨ましい。そして、そういうコミュニティを持っているのは、たいてい音楽家たちだという気がする。

Ｎｅｔｆｌｉｘで、「ウィ・アー・ザ・ワールド」の舞台裏を描いたドキュメンタリーを見た。一九八五年とあるから、もう四十年近く前になるのだ。

当時皆で、繰り返し繰り返しこのＬＤを観たものだ。なにしろ当時のトップスター四十五人が集まり、アフリカの食料危機を救おうと新曲を吹き込むのである。ボランティアイベントのハシリ。

マイケル・ジャクソンとライオネル・リッチーが作詞作曲をした「ウィ・アー・ザ・ワールド」。ある年齢以上の人なら口ずさめるに違いない。

メンバーがすごかった。

シンディ・ローパー、レイ・チャールズ、ポール・サイモン、ビリー・ジョエル……とても書ききれない。ポップスの黄金時代のスーパースターがずらり。どうしてこんなことが出来るかというと、その日はロスアンゼルスの劇場で、あるアワードの授賞式が行われ、トップアーティストたちがずらり揃っていたのだ。

一晩かけて録音するのだが、スターたちはちょっとした休憩時間に、バーガーとチキンを食べるくらい。次第に疲れといらだちが募るけれど、それをなだめるライオネル・リッチーが本当にいい人。スティービー・ワンダーは、あの笑顔でピアノを弾き、皆がそのまわりに集まる。

感動的だったのは、途中、

「この企画を言い出したのはハリーだよ」

とハリー・ベラフォンテが紹介される。

すると皆がヒット曲「バナナ・ボート」を歌い出す。一流のプロばかりだから、たちまち見事なコーラスになる。ソロパートも誰かが歌う。ハリーは感動のあまり涙ぐむ……。ワガママな人もいるにはいたが、とにかく皆が力を合わせて録音が終了した。朝になっていた。

ダイアナ・ロスが泣いていたとの証言がある。

「帰りたくない、終わりにしたくない」

またあるスターはこう言った。

「私はずっと音楽に人生を捧げてきたから、こういうコミュニティに入れるんだわ」

わかるなぁ、その気持ち。

私はある大スターの還暦パーティーを思い出す。それはサプライズで、ホテルの大広間に集まった人たちは、息をころしてその方がくるのを待っていた。

ご本人が現れ、たくさんの拍手。会場の真ん中には小さなステージがもうけられ、バンドが用意されていた。

その夜、すごいミュージシャンたちが集まっていた。伝説的な大御所から、若手のスターまで。彼らはご本人へのリスペクトに充ちたスピーチをした後、その低い小さなステージで歌う。素晴らしい夜だった。そして歌うことの出来ない私は、そこにいた歌手の人たちに嫉妬したのである。私は完全にコミュニティからはずれていた。みんなは音楽で語り、笑い合うことが出来る。同じ言語を持っている人たちというのは本当にいいなあ。

私たちのまわりで、こういうコミュニティが発生する時があるだろうかと考えた。あるかも。それは文学賞の選考会の時だ。

仲間の作家たちと作品をめぐってカンカンガクガクやり合う。そしてその後、お酒を飲みに行ったりする。ミュージシャンのような華やかさはないけれども、とにかく自分の力のありったけで論じ合う時である。

一月の直木賞の選考会は三時間以上もかかり、

「よほどもめたのだろう」

と心配された。が、ひとつの作品をめぐって、みんな自分の解釈を披露していったら、あっという間に時間がたってしまったというのが真相だ。

これについて、授賞式の時に選考委員を代表して講評をのべた三浦しをんさんは、

「まるで読書会のような楽しいひとときでした」

とおっしゃっていた。みんな同じ気持ちだったのだ。

忘れられない選考会がいくつかある。ある大作家が二人、うちとけて親密な話をしているのを見た時、私の心は喜びで満たされた。「こんな現場にいられる私って、なんて幸せなんだろう……」

あれは確かに私の「ウィ・アー・ザ・ワールド」。帰りたくない。終って欲しくない。と泣きたくなった元文学少女の私。

不適切な時代

最近まわりの人たちが、みんなアプリで結婚している。結婚までいかなくても、

「アプリで知り合った人とつき合っている」

という人は多い。

とある連載の歴代担当者も、二人がアプリで結婚している。一人がとても幸せな出会いをして、後輩に勧めたらしい。

別の出版社の若い男性編集者も、

「今の彼女はアプリ」

と教えてくれた。めちゃくちゃイケメンでモテまくっていた彼だが、別に隠すことでもないのだ。

私の時代にこういうものがあったら、もっと早く結婚出来たのではないかと思う。いや、私

なんかアプリに登録したとしても「優良物件」ではないから、申し込みは少なかったであろう。

それにあの頃は、偶然の出会いというのを信じていた。飛行機や新幹線の席が隣だった、結婚式の二次会で同じテーブルだったｅｔｃ……。が、現実はドラマのようなことは起こらない。出会いというのは、ふわふわと漂っているらしいのだが、私はどうしてもつかむことが出来ないのだ。

大谷翔平選手は、奥さんといったいどこで出会ったのだろうか。

これは私たちにとって大きな謎であった。オバさんたちは、ＬＩＮＥでそんなことばかり喋っていた。

大谷選手が合コンするとは思えない。食事会に誰かが気をきかして連れてきたのだろうか……。そのうちに情報が少しずつ入ってくるようになったのだが、

「大谷選手と同じところに出入り出来る。すれ違うことが出来る。そんな場所があるのかしら」

噂によると、相手はアスリートらしい。だったらジム、ということも考えられるが、なんだか腑に落ちないのだ。大谷選手が使うジムって……。

そうしたらネットニュースで、二人の出会いは、一流選手だけが使える特別なトレーニングセンターと出た。それならばわかるような気がする。

ふつうの人は出入り出来ない、選ばれたアスリートだけの施設。そこで大谷選手は、長身の美人（報道によると）とすれ違い、やがて言葉をかわすようになったのだ。

彼の結婚がとても好意を持って迎えられたのは、こういうところではなかろうか。つまり彼女は「ずる入りしてきた人」ではない。自分の努力で勝ち取ったものがあり、それゆえにそこの場所に入る資格を得ることが出来た。コネや何かで連れてきてもらったわけではない。自分自身の努力で、その場にやってきたのである。こういう出会いに文句をつける人はいないだろう。

「大谷って、やっぱりセンスがいいよね！　さすがだよね」

と友だちは言った。

ひと昔前芸能人が一般女性と結婚する時、かなりの確率でこう言ったものだ。

「たまたま打ち上げに彼女が来ていて、それで知り合ったんですよ」

私はテレビに向かって、フンと毒づいたものだ。

「芸能人の打ち上げに入り込める人の、どこが一般女性なんじゃ」

今で言う〝プロ彼女〟のハシリであろうか。

もっと私が嫌いだったのは、「口角上げ女」。有名人といわれる男の人と数人で、食事をしたり、飲みに行ったりする。その時かなりの確率で、誰かが若い女性を連れてくる。そこそこの美人。しかし彼は私たちに紹介してくれない。紹介してくれても、

「友人の○○さん」

と早口で。

彼女は決して話の輪に加わらない。ただ口角を上げて、じっと静かに私たちの話を聞いている。それってものすごく嫌な感じだ。いつも無視してきた。

が、最近私はトシをとり、そんなことはどうでもよくなってきた。何よりも、酒席に自分の彼女を、自慢気に連れてくる男性がいなくなってきたのだ。コンプライアンス、というものが徹底されてきたのであろうか。

ギャラ飲みとか、港区女子とか言って、その場だけの割り切った仲なのだろうか。そうなってくると淋しいものである。

昔はどうしてあんないい加減なことが許されたのであろうか。お金持ちだったり有名だったりすれば、不倫するのはあたり前という雰囲気があった。作家なんか特にそう（男性は）。

当時よく一緒に飲んでいた、若い売れっ子作家がいた。彼は愛人をよく連れてきた。どうということもない小娘で、もう生意気なことといったらない。彼の威光を笠に着て、同席の編集者たちにも失礼なことを言う。一回ぴしゃりとやったら、

「ハヤシマリコにイジめられた」

といろいろなところで言いふらしていたらしい。話はまだあって、数ヶ月後、私の原稿を彼女が取りに来たのには驚いた。別れる時に困り果て、作家は担当編集者に頼み込んだようだ。

「アルバイトに使ってやってくれ」

のどかな時代である。

いろいろな人が書いているので、今さらと思うのであるが、ドラマ「不適切にもほどがある！」が、とてつもなく面白い。

昭和からタイムスリップしてきた中年男性が、コンプライアンスにがんじがらめになっている現代のテレビ局と、そのまわりの人たちをかきまわしていくという物語である。

あの頃を知っている私たち世代は毎回大爆笑であるが、このドラマ、若い人たちにも大人気だという。

最近、日経平均株価が四万円を超し、「バブル」という言葉が再び注目されるようになった。本当にあのようなことがあったのか、とよく聞かれる。あった、と私は答える。お金で女性をねじふせようとするのは許せないが、とにかく男性が自分の持っているありったけの力で女性をモノにしようとして必死で頑張っていたっけ。アプリなしで。

古来まれなり

「ハヤシさん、古希のお祝い、どうするんですか」

最近いろいろな人に聞かれるようになった。そのたびに少々いらついて答える私。

「何もしないよ。そんなことお祝いしてもらってどうするのよ」

いちばんショックを受けているのは私である。

何度か知り合いの古希のお祝いに出た。そのたびに皆さん挨拶でこう言う。

「古希は、古来まれなり、ということで、昔はここまで生きるのは本当に珍しかった。そして私もついにこの年齢になりました」

つまり、本当に年寄りになった、ということ。

還暦の時はまだよかった。百人ぐらい集まって盛大な会を開いてくれた。真っ赤なドルチェ&ガッバーナのジャケットをもらった。

「私ってまだまだイケるじゃん」

と内心思っていた。事実、まわりの六十代を見てもみんな若く、老いを感じさせなかった。恋愛をしている人もいっぱいいた。もちろん仕事だってバリバリしている。

私も六十代は楽しかった。本もいっぱい書き、世界中いろいろなところを旅した。しかし気がつくと、七十代は目の前である。

「ウソでしょ⁉」

という感じである。

今まで自分のことを、

「私らオバさんは」

などと書いてきたが、もうそうはいかないだろう。この三ヶ月ぐらい、

「私らばあさんは」

という風に変えた。すると本当に年をとったような気がした。悲しい。

自分では外見がそれほど年をとった気がしないのであるが、昔の写真と比べるとまるで違う。五十代の頃は太っていても、顔にそれほどの肉がついていないのだ。

外見ばかりではない。記憶力がどんどん衰えていく。固有名詞が出てこないのはずっと前からであるが、若い時はとんちんかんなことを言っても、

「お茶目な人」

ということになるが、最近はまわりの人は失笑している。

「だからおばあさんは……」

という目だ。つまり私はとてもひがみっぽくなっているのである。

「というわけで、古希のお祝い、なんて何もしないからね。あんまり人に言うのもやめてね」

誕生日が近づいてくるにつれ、だんだんネガティブな気分になってきた。

これまた三十年近く前の話になるが、とてもおしゃれでセンスのいい友人がいた。彼女は四十歳になる時、ショックで外に出られなくなったというのである。

イジワルをして、何かの会話の折、

「四十になった人が、そういう考え方するのおかしいよ」

と言ってやると、やめて、と本気で叱られた。その時は年齢のことで落ち込むなんて、変な人、と思っていたのであるが、自分が古希になるとよくわかる。やはり年齢というのは、その人のメンタルに大きく影響するのである。

七十代。どうしても死について考える。断捨離をしなくてはいけないし、遺書だって書きなさいと、週刊誌は言う。もう六十代のように働けないのはあたり前のことである。

いっそのこと、もう消費のみに生きる時に来ているのかもしれない。

お金持ちの友人は、七十代になってからはひたすら使う人生にシフトしたようだ。夫婦でしょっちゅう海外に行き、コンサートやお芝居を楽しんでいる。私ももうあくせく働くのをやめようか。年金をもらい（まだもらっていない）、何とかやりくりすればもう働かなくてもやっていけるかもしれない。

が、まてよ、と私は考える。うちは長生きの家系で、父は九十二歳、母は百一歳まで生きた。DNAを受け継いでいるとすると、私はあと三十年生きることになる。三十年、遊んで暮らすような資力はとてもない。やはり何かしなくてはならないだろう。

先日、ある弁護士さんと食事をしていたら、その方がしみじみおっしゃった。

「いやあ、八十になっても、こんなに稼げるとは思わなかったよ」

その自慢といおうか感慨が、とても心に響いた。八十になってそんなことを言えるなんて、なんて素晴らしいことだろう。が、私にはその自信がない。気力、体力、頭脳も持ち合わせていないのだから……。

とにかく誕生日を前に、私の心は千々に乱れているのである。そんな時、秘書が言う。

「ハヤシさん、今度の桃見の会、雑誌のグラビアに載せたいそうです。ハヤシさんの七十のお祝いをそこで伝えたいと」

「いやだよー」

どうして私が本当のばあさんになったことを、世間に披露しなくちゃいけないの。

そして今日、恒例の桃見の会があった。編集者たちとバスに乗って、私の故郷山梨へ向かう。勝沼にある施設で、皆でバーベキューをするのだ。今年も同じ山梨出身で、私の高校の後輩でもあるマキタスポーツさんがゲストでいらしてくださった。これで二回めだ。

バーベキューが終った頃、幹事が言った。

「ハヤシさんにサプライズプレゼントです」

大きなバースデーケーキが運ばれ、マキタスポーツさんがギターで「ハッピーバースデー」をかなでてくれた。皆で大合唱。手にしたフラッグを振る。それは今年の幹事役、文藝春秋の若い人たちがつくってくれたもの。古希にちなんだ紫色のマリコ・フラッグ。私のイラスト入り。すごく可愛いのを皆が大きく振った。

このサプライズに思わずホロリ。なんて幸せな私でしょう。ここまでされると七十を受け入れざるを得ない。ここのところ、まるっきり書く仕事をしていなかったのに、みんなこれからの私に期待してくれてるんだ。もうひと頑張りしなきゃ。無理しない程度に頑張ります。

イッペイさんへ

「青天の霹靂《へきれき》」というのは、こういうことを言うのであろう。

もちろん大谷翔平選手の通訳のことである。みんなから「イッペイさん」と呼ばれて親しまれていた。大谷選手とキャッチボールをしている姿も私たちは記憶している。

「異国で、彼の存在はどれほど大谷選手を支えているか」

誰しもが思っていたに違いない。それが突然の解雇である。詳しいことはまだわかっていないが、大谷選手のお金を横領していた、という疑いもあるらしい。

それにしても、よりにもよって、という感じである。

大谷選手はこのたび、素敵な配偶者を得て、幸せの絶頂であったはず。お相手が素晴らしい女性で非の打ちどころがない。

「さすがに大谷選手」

と皆は感心した。それはいいとして、メディアはまるでプリンス、プリンセスのような書き方であったのは事実だ。気の毒なのはスケートの羽生結弦さんで、

「それにひきかえ」

ということになった。別れた奥さんまでマスコミにとりあげられ、ブランド品を着ていたとかなんとか女性週刊誌に書かれていた。

とにかく大谷選手は世紀のヒーロー。完全無欠の青年だと皆が認めていた。今回のことで、いきなりどす黒い渦の中に放り込まれた。彼には何の罪もないと思うが、ピカピカの純金に傷がついたのは確かなのである。

それにしても、あの純朴そうなイッペイさんがギャンブル依存症とは驚いた。そんな闇を抱えていたとは……。

これについていろいろ聞いてみようと、親しい友人の井川意高《もとたか》さんにLINEした。大王製紙の元会長で、ギャンブルによって子会社のお金を百六億〝熔かした〟人である。つまりギャンブルによってすってしまったということ。このことによって彼は刑に服すのであるが、出所してからは、本やYouTubeなどで大人気。もともと東大法学部卒の経歴で頭が抜群にいい。弁舌もさわやか。

「いったいイッペイさんのことをどう考えているんだろうか」

とLINEしようとしたところ、先まわりして、自分が載った記事が送られてきていた。や

はり考えることはみんな一緒で、取材が殺到しているということであった。

彼によると、

「水原一平氏が違法とは知らなかった」

というのはあり得ないそうだ。説得力がある。

ところでどうして私が水原さんにこれほど興味を持つかというと、大谷選手の通訳だったからだけではない。私の父が大変なギャンブル好きだったからである。

パチンコ、麻雀、競馬、なんでもやった。父の前職は銀行員で、とてもまじめな人、という触れ込みで母は結婚したのであるが、それがすべての間違いの元であった。

父はこれに発明狂という側面もあり、時々東京に出ていってはすってんてんになって帰ってきた。おかしなものを作っては借金をこさえてくるのだ。

あんまり死んだ父のことを悪くいうのはナンであるが、最後までギャンブルに執着を持っていたのはすごかった。

脳溢血で倒れてから、左半身が不自由となるのであるが、杖をついても場外馬券場に通った。

驚いたのは実家に戻りくつろいでいたある日のこと、顔を上げると見知らぬ男の人が勝手に入ってきているではないか。

が、父は全く動ぜず、

「これで頼むよ」

と数枚の千円札とメモを渡した。

「はいよ」

もの慣れた風に出ていく男性。

「知り合いのタクシーの運転手さんに頼んで、馬券を買いに行ってもらっている」

母も諦め顔である。

そうそう、亡くなる直前まで宝クジを買い続けていたから、お棺の中には宝クジのはずれ券をいっぱい入れてやった。

「たぶんあの世でも、馬の予想をしてるんじゃないの」

と皆で言い合ったものだ。

何を言いたいかというと、ギャンブラーは一生ギャンブラーということ。重度な人は治療を受けたりするらしいが、まあ、たいていはなおらないだろう。

イッペイさんは、

「私はギャンブル依存症」

と言ったらしいが、治療はむずかしいのではなかろうか。

さて父のおかげで、私も弟もギャンブルというものをいっさいしない。若い頃は麻雀を少ししたが、せっかちなのですぐに振り込んでしまう。

「だけどハヤシさんは、ものすごいギャンブラーだと思うよ、人生において」

出版社のAさんに言われたことがある。戦後もずっと中国で過ごした父の人生が、実に波瀾万丈だというので、いずれ本にしたいとうちに来てくれたことがあった。

「ふつうの人がやらないことをやるし、よせばいいのに、と思うことをどんどんやってく。僕は昔からびっくりしてるよ」

そしてこんなことも。

「ハヤシさんを見てると、二つの人格がある。いい加減で、ギャンブラーの一面と、ものすごく慎重で保守的。いったいどっちが本当のハヤシさんだろうかとずっと考えてたけど、今回ご両親を見てわかりましたよ。二人のDNAがかわるがわる出ているんですね」

ところが母がこんなことを。私が五十を過ぎてからだ。

「マリちゃん、私にそっくりになったね。ものすごく根性と克己心《こっきしん》を持ったね」

やっと誉められたかと思いきや、

「だけどマリちゃんのたった一ついいところは、お父さんに似て大らかだったのに、私みたいな心配症になって本当に残念」

イッペイさん、奥さんを大切にしてくださいね。大変なのは家族です。

心と精神

わが日大の卒業式は、日本武道館で二回にわけて行なわれる。

言うまでもなく学校法人としての大イベント。私は昨年の早いうちに、色留を新調していた。一昨年も一枚つくっている。

色留などというものは、めったに着るものではない。叙勲とか親族の結婚披露宴に着用するものだ。着物の格としては最高クラスで、男性のモーニングに匹敵するもの。

あれは六年前、私が紫綬褒章をいただいた時だ。隣りに住むオクタニさんから電話がかかってきた。着物については皆が師匠と呼ぶ人。

「当日いったい何を着るの？」

まずはそのことを心配してくれたのか。ありがたい。

「前から持ってる、竹の模様の色留を着ていこうと思ってるけど。ほら、あなたの結婚の時につくったやつ」

　正確に言うと再婚か……。

「ダメ、ダメ。あれは派手過ぎるわ。もっと落ち着いたものにしなさい。私が○○○○にさっそく頼んでおいてあげたわよ」
○○○○というのは、オクタニさんいきつけの有名な呉服屋さんである。この話をすると多くの人たちが誤解する。
「オクタニさんって、本当はやさしい人なのね。ハヤシさんのお祝いに着物をつくってあげるなんて」

「そんなわけないでしょ」

　手を振る私。

「もちろん私が支払いますよ」

「えー、それならなぜ、勝手に⁉」

　まあ、いろいろあったが、お祝いごとであるし、私は色留と帯を一式揃えた。

　話はまだ続き、五年前の女性誌のグラビアに人気俳優さんと対談で出ることになった。正月号なので私は華やかにしようと、鮮やかな色の竹模様の色留を着た。するとオクタニさんからＬＩＮＥが。

「いい年をして、あんな派手なものを着てみっともないと私のまわりの人たちはみな言ってます」

かなりむかついた私は、その色留を帯ごと親戚の女性に送ってしまった。

オクタニさんのおかげで一枚増え、一枚減った色留……。

まあそんなことはどうでもいいとして、卒業式にはもっと大切な仕事が待っている。それは祝辞をのべることだ。これについては原稿を一ヶ月前に書いておく。

理事長とは書くことと見つけたり。たくさんの行事があり、そのためにスピーチをするのでしょっちゅう原稿を書いている。作家としての挨拶ならその場で何か適当に言い、人を笑わせたり出来るのだが大学だとそうはいかない。間違いはないかと、チェックを受ける。

と言っても、ありきたりのものではなく私らしさも出していきたいと思う。かなりの時間をかけてあれこれ考えるのです。

今年の卒業生には、昨年の不祥事を謝罪すると共に、当然のことながらこれからの人生の励ましとなるような言葉を。キレイごとではなく、後々に思い出してくれるような言葉が欲しい。

私はこう書き始めた。

「これから世の中に出ていくあなたたちに言いづらいけれど、申し上げたいことがある。それは世の中は、たくさんの理不尽なことがあるということ」

あなたじゃなけりゃ、この言葉は言えないわねと、みんなの悪態。

しかしこの後が続かない。理不尽なことがあっても頑張れ、ではあたり前すぎるのではないだろうか。

こうしているうちに日にちは経つ。「週刊文春」ほどではないが、やはり〆切りはつらい。

そんな時、「週刊新潮」の対談であの齋藤孝先生がこうおっしゃっているではないか。

「心と精神は違うものだと思っています。心とは、喜怒哀楽があって、日々移り変わるものです。でも、精神は安定感があるもの」

雷にうたれたように感動した。なんと素晴らしい言葉であろうか。さっそく使わせていただくことにした。無許可であるが、卒業式、入学式のスピーチに名言が使われるのは恒例のこと。

もちろん、

「『声に出して読みたい日本語』をお書きになった齋藤孝先生はこうおっしゃっています」

と©は入れる。齋藤先生は、精神をつくりあげるために、ドストエフスキーやニーチェは有益だと説いていらっしゃるが、この後私なりにアレンジを入れ、強い精神をつくり上げるために、芸術というものは存在していると進めていった。芸術という言葉が固苦しければさまざまな美しいもの。そうしたものと出会うことにより精神をつくり上げ、それを楯に世の中の理不尽と戦ってほしい……。

卒業生の胸に私のスピーチがどこまで届いたかわからない。しかしこの、

「心と精神は違うもの」

という言葉は、それから私の指標となっている。

どれほどつらいことや嫌なことがあったとしても、そのことで右往左往したとしても、心がすりきれたとしてもそれはそれで仕方ない。心は日用品なのだ。

ボロボロとなった心の向こうに、精神というものが毅然と立っていればそれでいいのではないか。

いざという時に、この精神が私たちを正しい方向に導いてくれるのではなかろうか。

私は大谷翔平選手を見ていて、この齋藤先生の言葉を思い出すのである。

いまはさぞかしつらいことであろう。メンタルもかなりダメージを受けているに違いない。

しかし彼の内には、凡人には持ち得なかった、精神というものが確立していると私は信じたいのである。

今現在、大谷選手は不調が伝えられている。が、彼がホームランを連発してくれることを私は疑わない。ショーヘイ、頑張れと、私は卒業生へと同じぐらいの熱情を込めてエールを送っているのである。

続いている

またしても父の話題となって恐縮である。

まるで父があの世からこちらを見ていて、

「オレのことを書くなら、ワルグチばかりでなくちゃんと書け」

と言っているようである。

ついこのあいだのこと、編集者たちとご飯を食べていた。話題はなぜか中国について。毛沢東の話がひとしきり続いて、その時私は思い出したことがある。

「そう、そう、胡耀邦《こようほう》さんが来日した時、うちの父は『胡耀邦の思い出』っていう文章を書いて、朝日新聞の『声』に投稿したんだよ。それ、ちゃんと載ったよ」

「えー！」

そこにいた六人はいっせいに声をあげる。

「それって、本当ですか！」

「そう、そう、ホント。うちの父がハシカか何かにかかって死にかけた時、胡耀邦さん、部下にいって薬を届けてくれたんだって」

「すごい話じゃないですか！」

「うちはね、みんな投書が好きで、うちの母も朝日新聞の『ひととき』に載ったことあるよ」

そのずっと昔は、私の書いた詩を母が新聞に投稿して載ったこともある。

「それにしても、コ、コヨウホウさんが、薬を届けたなんて、ハヤシさんのお父さんはすごい人だったんですね」

「いや、いや、ちょっと待って」

だんだん心配になってきた。

「たぶん私のことだから、きっと間違ってると思う。朝日新聞に載ったのは憶えてるし、胡耀邦さんのことも書いてあったはずだけど、たぶん間違ってるよ」

「いや、いや、僕がすぐに調べますよ」

ひとりが言った。

「当時の朝日新聞を検索すればすぐにわかることですから」

そうしたら四日後ぐらいに彼から連絡があった。

「ハヤシさん、胡耀邦さんの来日した前後に、お父さんの投書は見つかりませんでした」

しかし、メールにこんなひとことがつけ加えられていた。

「ハヤシさんの性格からして、もういいよ、と言いそうですが僕はねちこいんで。それにこの一件、すごく興味を持ちました」

その言葉どおり、半月後、ちゃんと父の投書を見つけ出してくれたのである。なんでも朝日新聞の知人にも手伝ってもらったのだが見つけられず、縮刷版を手作業で探したという。

そして予想どおり大きく間違っていた。本当にごめんなさい。私の父は、胡耀邦さんの思い出を書いたのではなく、胡耀邦さんが遺族を訪ねた、ある日本人に関しての思い出を書いたのである。

昭和五十八年十一月二十四日、朝日新聞声欄。

「公賓として来日の中国共産党の胡耀邦総書記が、稗田憲太郎博士の遺族と対面なさるとの十四日付本紙記事を読み、終戦後中国に残留し、張家口の医大病理室では先生の秘書のような形で勤務していた私には、今更ながら先生の人格識見がしのばれ、非常にうれしく思う」

この稗田先生というのは、プラセンタの研究者として知られ、当時の中国で国賓扱いだったそうだ。

「自分は張家口付近の中国野戦病院に勤務していた時のこと、赤痢で私が生死をさまよっているのを先生が耳にされ、貴重薬のダイヤジン百錠を届けて下さったおかげで九死に一生を得て、感泣したことである」

そうか、薬を届けてくださったのはこの先生だったのか。

この時「九死に一生を得た」父は、戦後八年もたってから帰ってきて、母はさんざん苦労するわけだ……。

そしてこの思い出話はこれで終わりになるかと思いきや、またあらたな展開が。

二日前のことである。うちの秘書のセトと話していた。

「ハヤシさん、お父さまの投書の件、無事に見つかってよかったですね」

「本当に。いい加減な私の話にちゃんとつき合ってくれて有難いよ」

「でもいいお話ですよね」

「まあね。うちの母は、よく言ってたよ。戦後、みんな食うや食わずで必死だった時、うちの父は中国でいい思いをしてた。あの苦労を知らないから、ずっとちゃらんぽらんに生きてきたと」

「でも当時の人は、みんな大変なご苦労をしたと思います。あの、ハヤシさん、私の曽祖父の話、憶えてますか」

「うん、憶えてるよ」

ある日、九州博多にあるセトの実家に、老人が訪ねてきたそうである。老人のお父さんは、彼女のひいじいさんと引き揚げ船が一緒だったという。ひいじいさんは戦後シベリアに送られ、それこそ「九死に一生」を得ていた。

二人の引き揚げ兵は、船の中で今までの自分の人生、故郷のこと、妻子のことまでこと細かに話し、再会を約束して船を降りた。

その兵士の息子が、住所を頼りにセトの実家を訪ねてきたというわけだ。

「せめてお線香をあげさせてください」

彼女のお母さんは驚いた。なぜならおじいさんはシベリアで死んだと聞かされていた。ひいばあさんはずっと夫のことを待ち続けたが、ついに帰ってこなかったそうだ。船から降りた後、セトのひいじいさんはどこかに消えたのだ。

「私がその話をした時、ハヤシさんは絶対に朝日新聞の『声』に出しなよ、って言ったんです」

「そうだったかしら」

「それで私、書いて投稿したら朝日新聞から電話がかかってきて、あさっての朝刊に載ることに」

「えー！」

私の父が結んだ縁としか思えないのである。セトは「オッペンハイマー」を週末見に行った。

戦争はどこかでいまだに続いているんだ。

高知愛プラス

ひと頃、私の〝高知愛〟はかなりのものであった。

十五年前、エンジン01のオープンカレッジで行った時のことである。歓迎パーティーで、まず行なわれたのは、カツオの燻《いぶ》り焼きショーであった。出来たてのカツオのタタキが、これでもか、これでもかと供される。

それまでカツオのタタキを特別おいしい、と思ったことなど一度もなかった。スーパーで買ったものを食べていたからだ。

が、その夜のタタキは衝撃的であった。カツオだけではない。屋内のパーティー会場へ行くと、いろいろな屋台が出ていた。寿司、お饅頭、鶏肉、おそばなど、高知各地の名物を持ってきてくれたのだ。

高知民は人をもてなすことを自分の喜びとしている。お酒が大好きで、陽気で親切。日本で唯一のラテン民族ではないかと思っている。

その後、高知県観光特使になった私は、何度も何度も高知に出かけた。友人にも高知ファンになってもらおうと、ガイドを買って出たのだ。

コースにはもちろんお座敷遊びを入れた。当時地元は芸者さんを復活させ、伝統の遊びを残そうと頑張っていたのである。負けた人が盃を空にするゲームは本当に楽しく、お女将がおしぼりの人形を、割り箸を使って踊らせる余興は、見事としか言いようがなかった。大好きな大好きな土地である。

しかしこの数年間はあまりの忙しさのため、足が遠のいていた。あの頃の知事さんや市長さんが代わられたことも大きい。

つい最近のこと、校友会総会のリストを見ていた。それは全国の日大校友会の支部からの、総会に来てくれませんか、というお誘いである。卒業生百二十六万人、日本各地の校友会のかなりの数を、学長や私、副学長や常務理事たちが手分けして行くことになるが、あまりにも多過ぎてとてもまわりきれない。そういう時は事務局のトップが行く。

「ふむふむ、網走支部か……。ここも楽しそうだけどまだ寒いし、このあいだ札幌の校友会に行ったばっかりだしな」

この時、高知という文字が目に止まったのである。

「高知なら行ってみたい」

しかし平日の昼間とある。

「土日にしてくれたら行けるのに。私と高知とは特別の間柄なのに……」

とぶつぶつ言っていたら、

「あちらに聞いてみましょうか」

「え、そんなこと出来るんですか」

「まだ時間があるから、変更してもらえるかもしれません」

ということで三月末に行くこととなった。当然泊まることにする。ちなみに大学から支給される宿泊費はアパホテルも泊まれない金額であるが、

「高知行って日帰りのわけないじゃん、自分で足していいホテル泊まろう」

ところが、春になり観光シーズンが始まった。市内のビジネスホテルがやっととれた。

「でも後ろの道が日曜市だよ。早起きして行こうね」

「日曜市やってるんですか」

「高知の日曜市って言ったら有名ぜよ。そりゃ楽しいぜよ」

大学の秘書に向かってつい土佐弁になる。

「新鮮な野菜や果物を売る店がずーっとお城の方まで続くぜよ。中でもお芋の天ぷらがすごい人気やね」

当日は早めに高知に着いた。〝帯屋《おびや》町《まち》〟をぶらぶら歩いたが、以前と比べるとぐっと人通り

が少なくなったような。お茶をしようにも閉店が五時のところばかり。しかもタクシーの運転手さんから、

「屋台のラーメンは今日で終わりだよ」

と驚くような事実を。もともと無許可で営業していたので撤去を迫られたようだ。お酒の後に、必ず寄ったラーメンが食べられなくなるとはまことに残念だ。高知も少しずつ変わろうとしているのか……。


さて、校友会総会は土佐料理のお店で行なわれた。五十人以上が集まっている。校友会会長はじめ、地元の皆さんは、エンジンのことも、私の高知愛もよくご承知であった。

「理事長に〝お帰りなさい〟と言いたい」

とおっしゃってくださり感激する。そして私はまず昨年の不祥事を謝罪。実は私たちが全国をまわっているのもこのためなのだ。


最初はやや固い雰囲気であったが、やがてお酒が入り楽しい宴会に。

カツオのタタキや鶏鍋などご馳走が次々と出てくる。高知の財界の方々がずらっと揃って、私の隣の席は、あの有名なミレービスケットの社長さん、向かいは酔鯨《すいげい》の社長さんであった。特別な瓶を差し入れてくださる。


私は日本酒だとすぐに酔うのであるが、おいしくていくらでも入る。まるっきり酔わない。

「おたくのリジチョー、よく飲むね。大丈夫かね」

と離れた場所に座る秘書は言われたそうだ。しかし高知の空気は私とよほど合うのか、ビールも日本酒もがんがんいける。お酒が入るほどにどんどんお喋りになる私。

「リジチョーは、本当に気さくな人だねー。テレビで見てるとおっかないけど」

「あれは記者会見ですからね。私は明るくて面白い人キャラでずっとやってきたんですよ」

二次会でバーに連れていってもらったが、ここでもウイスキーをたっぷり飲んだ。しかし酔った感覚はまるでなく、次の日の二日酔いもない。

秘書と二人、元気に日曜市を歩く。私のごひいきの水田製菓もすぐに見つけた。

「日本一おいしい芋ケンピ」

という私の色紙もちゃんと飾ってくださっている。いっぱいおまけもしていただいた。

「知り合いもいてハヤシさんって、本当に高知詳しいですね」

「あたり前じゃん。私、ずっと観光特使だったんだよ。ハンパなく高知好きなんだよ」

三日後、ミレービスケットがダンボールで届いた。先輩ありがとうございます。

今の私は高知愛プラス母校愛であります。

暖簾

いやあ、本当にびっくりした。

暖簾《のれん》の話である。

テレビを見ていたら、すっかりさびれた温泉街を特集していた。廃業してそのままになっているホテルや大型旅館が建ち並んでいて、まるでゴーストタウンである。玄関が壊れたまま猿の住み家となっているところも多いという。

「中には暖簾がそのままになっているところもあります」

驚いた。旅館の戸口の提灯は朽ちて下におちているが、長く大きな暖簾は、ちゃんとかかっているのだ。

「暖簾は商人の命や」

子どもの頃から、山崎豊子さんの〝船場《せんば》小説〟を愛読していた私は、それがどんなにすごいものかをよく知っている。なにしろ「暖簾」という題名の小説だってあるぐらいだ。

その中で、さる老舗が火事に遭い全焼する。するとそこの主人は、暖簾が無事だったかどうかをまず確認するのである。そして従業員が必死で守ったそれにありがたいと涙する。これさえあれば、また立ち直ることが出来ると。

また名作「花のれん」では、吉本興業の祖がモデルの女主人が、名門の寄席を譲ってもらった商談の席で、座布団から下りて深々とお辞儀をする。

「おおきに、金沢亭を譲って貰《もろ》うた上に、女《おなご》の大阪商人やとまでいうて戴いたら、わてなりののれんを、この寄席《こや》に掲げさして貰います」

そんな商人もいるのに、この旅館の主人はコロナで廃業する時に、商売人の命をかけっぱなしにしているのだ。いろいろな思いがあるだろうが、自分の手でおろし、畳むのが礼儀といおうか、人間としてのマナーではなかろうか。せめて、中に入れるくらいのことが出来なかったのか……。

腹が立って仕方ないのは、私が小商いのうちの娘で、祖先をたどれば商人の血筋だからに違いない。暖簾などとは無縁の田舎の店だが、それなりの教えのようなものもあった。

ところで話は変わるようであるが、ＮＨＫの朝ドラ「虎に翼」を、毎朝本当に楽しみにしている。名作の呼び声高いが、確かにそうかもしれない。毎回毎回濃密である。

先日、主人公寅子《ともこ》の大学の同級生、梅子さんの人生に共感し、涙ぐんだ女性も多いだろう。

エリートの弁護士に嫁ぎ、長男は帝大生。絵に描いたような上流夫人と思いきや、梅子さんは家庭の中で虐げられている。夫と息子は二人して、梅子さんのことを馬鹿にしているのだ。

家事をするしか能のない女だと。

夫の弁護士は、ある日寅子たちに講義する。女性の顔を傷つけた犬の飼い主はどれほどの賠償責任を負うかということについてだ。この判例では、嫁入り前の美人だったためかなりの金額が提示される。

「うちの家内だったら、せいぜい三百円ぐらいですかな」

笑い声をたてる男子学生。じっと耐える梅子さん、ルッキズムの極致であるが、戦前の夫は妻にこういう無礼を働いても平気である。それは令和にも継続されているかもしれない。そして私がつくづく感じたのは、その昔「顔は女の暖簾」だったということだ。

お客をどんどん呼び込める華やかな暖簾もあれば、目立たないが色あいのよい暖簾もある。当時のこの思想を伝えるある本に出会った。シェイクスピアの翻訳者として有名な、松岡和子さんの伝記を読んでいた時だ。お母さまについて長いページをさいている。

お母さまは士族の出でいいところのお嬢さまである。女子学院に学び、勉強が大好きであるが、明治生まれだから女の子は女学校で充分とされる時代である。それ以上のことは許されなかった。

ところが小学生の時に、歩いていたら老朽化した校舎のガラスがはずれて落ちてきて、額に大きな傷をつくってしまう。するとお祖母さんと母親は、もうこの子は嫁の貰い手がない、学問を身につけさせなければと考えを変えるのだ。そしてお母さまは東京女子大に進学する。

　こんな事故がなければ、進学がかなわなかった女性の生き方はなんともいびつだ。しかしご本人は会社勤めをし、当時の女性としては高給を得、青春を楽しんでいらしたようだ。

　そして三十歳を過ぎてお見合い結婚をする。相手は帝大出の判事であるが、奥さんを亡くした男やもめで子どももいる。

　つまり、家柄も美貌も、学歴も文句なしの女性が、顔に傷があるために「難あり」になってしまうのだ。

　お母さまの写真が載っているが、とても綺麗な方で傷などはわからない。おそらく化粧をすれば隠れたであろう傷。そのためにお母さまは運命が変わったわけであるが、それはいい方向に向いたのではなかろうか。

「虎に翼」のドラマを見ていて、ふとこの本のことを思い出したのである。

　このお母さまから生まれた松岡和子さんは、もちろん勉強が出来、のびのびと大学、大学院へ進み、日本を代表する翻訳家になられたわけだ。この母と娘のことは、それこそ朝ドラにできそうなほどドラマティックである。

　さて、作家の暖簾といえば、それは書いた本に他ならない。私も出版界の一隅に、暖簾をかけさせていただいているが、最近それがくすんで風に揺れている。ご存知のようにこの二年間、全くといっていいほど小説を書いていないからだ。連載はエッセイが二つだけ。開店休業のありさまである。近所の繁盛店を傍目《はため》に眺めるだけ。

有難いことは、こんなわてでも（なぜか大阪弁になる）、見捨てることなく、仕事しまひょ、何か連載やりまひょ、と言ってくれる編集者が何人もいてはること。これからは夜のお酒や食事を極力減らし、とりあえず資料を読もうと思ってます。

わての暖簾、いつの日か晴れやかにかけさせていただきまっせ。

それにしても山崎豊子先生の本って、本当に面白い。

ゴールデンウィーク

昔からゴールデンウィークに、どこかに出かける、という習慣はなかった。

親が元気だった頃は、毎年故郷に帰っていたが、この頃はうちでゴロゴロしている。

海外旅行に行く人の気がしれない。どこかに出かけようにも、空港も飛行機も人でいっぱい。手荷物検査場の前に長い行列が出来ているのをテレビで見るだけでげんなり。

しかも今年は円安ということもあり、ハワイではラーメン一杯が四千円だと。信じられない。私は絶対にうちにいる。

しかしうちでゴロゴロしているのもなかなか大変なことで、なぜなら夫もうちにいるからだ。しかも休日はお手伝いさんもお休みなので、ご飯をつくらなくてはならない。掃除だってたまにはするべきであろう。

それでもうちは汚なくなるばかり。夫も日頃の小言をまとめて言うから本当に腹が立つ。

「玄関にどうして靴がこんなに散らかってるんだ」

「ハンガーラックに、どうしてこんなにコートがかかってるんだ。異常だと思わないのか」

スーパーへ行って買物をし、時間をかけてつくった料理も、ああだこうだ言われる。

私は心に決めた。ゴールデンウィークは、なるたけ外に出ていこうと。幸いなことに、お手伝いさんも、今年は孫が来ないので休日も来てくれることになった。ひとつクリア。

私は夫にＬＩＮＥをうった。

「五月一日は学校の用事で山形に行きます。五月三日から五日までは都内のホテルに泊まって仕事します」

言いづらいことやめんどうくさいことは、こうしてＬＩＮＥで伝えることにしている。生活の知恵だ。

そして五月一日、山形新幹線に乗った。日大山形という付属高校を視察するためだ。久しぶりの新幹線で、駅弁も買い、なにやらわくわくしてくる。

新幹線の窓からの新緑は本当に美しい。北に向かうにつれて、緑がやわらかく清楚になってくる。が、それはあまり見ないようにして本を読みふける私。

実はこのゴールデンウィーク、ひとつ決めたことがある。短篇をひとつ仕上げるということだ。

先週号で小説をまるで書いていない、開店休業状態であることを綴ったと思う。自分でもこれはマズいのではないかと思うようになった。

作家は職人と同じだ。たえず書いていないと腕が鈍ってしまう。腕と言おうか、勘と言ったらいいかもしれない。フレーズをひとつ書くと、それに続くフレーズが自然と出てくる。そういう時は文章もなめらかでとてもいい感じ。自分でも書いていてとても楽しくなってくるが、もうその勘がとり戻せなくなっているかもしれない。

そして小説を書かなくなった私に、さらに困った事態が起こっている。本を読むのがとても億劫になってきたのだ。

私は書くのも早いが読むのもとても早かった。ちょっとでも時間が出来ると、おいしいものをバリバリ咀嚼していくように本を読んでいったものだ。その私が一冊の小説を読むのにとても時間がかかり、途中で放棄するものも何冊か。机の上には読みさしの本が積まれていく。

これは物書きとしてとてもまずいことだ。

私は担当の編集者に連絡をとった。

「今、そちらにあずけている短篇、いくつあるかしら」

「三つあります」

「ずっと塩漬けにしてるのはマズいよね。あといくつ書くと単行本になるかな」

「あと二つもらえれば」

「じゃあ、ゴールデンウィーク中に、必ず四十枚の短篇書きます」

「えー！　本当ですか」

小説誌の編集長からも連絡をもらい、まず掲載が決まった。〆切りは五月の七日。ここまで追い込めば、怠けグセがついた私だってやることになる。

よって山形新幹線の中にも、資料を持ち込んでいたのだ。本当は原稿を書き始めたいところであるが、生憎《あいにく》と隣に大柄な若い男性が座った。肘かけを占領してスマホゲームを始める。

「どうか外国人でありますように」

祈るような気持ちになる。異国の方なら、原稿用紙に文字を書いていても、興味を持たないだろう。しかし一瞬メールをするのを見てしまった。日本語であった。残念。原稿書きは東京での三日に持ち越すことにしよう。

そして当日、チェックインタイムすぐにホテルに向かった。どうせならと都心の一流どころを予約したのである。が、初日はベッドに寝っころがって、持ってきた雑誌を読んだりお昼寝したりと、少しも進まない。

まだゴールデンウィークは始まったばかりと、次の日は映画を観に行った。なぜか少しも書く気にならない。気がのらない、というよりも物語の世界に入っていけないのだ。

どうしたらいいんだろう。

四十枚。若い時だったら一日で書けた。今はその体力も気力もないのか。とりあえず腹ごしらえと、ルームサービスでカレーを頼んだ。ここのカレーは五千円するが、ハワイに行ったと思うことにしよう。そして机に向かう。

散らかっている私の仕事部屋とは大違いだ。清潔でしんとしているホテルの部屋が私は大好き。よく昔はカンヅメで、いろんなホテルに泊まっていたものだ。あれから四十年、ずうっと一生懸命やってきたのに、このトシになってまさかのスランプか……。

しかし習性というのはよくしたもので、原稿用紙に書き始めたら、意外に書けた。いい感じ。そして五日の朝には三十枚が。もう一泊したいところであるが、東京のホテルも信じられない値段の上がりようで、ここいらが限界だ。そして私は夫の昼食のために、ホテルのテイクアウトを買って帰った。こういうところが、私の中途半端なところである。しかし、いいゴールデンウィークであった。本当に。

見出しについて

最近の女性週刊誌のスターは、なんといっても愛子さまであろう。

「女性自身」や「女性セブン」のカラーグラビアは、愛子さまのファッションが占めるようになった。お召しになっているのは、ごく普通のものであるが、すごい気品が漂う。オーラといってもいい。

「生まれついての皇族の方は、こうも違うものだろうか……」

と感嘆してしまうのである。

美しい佳子さまももちろん人気があるが、秋篠宮家ということでちょっと損をされているような。この頃、一般週刊誌（文春とか新潮）の紀子さま批判が目につき、私は胸を痛めているのである。

思えば眞子さんは、本当に罪なことをなさったものだ。あれ以来、ご実家には暗雲がたれこめるようになったのである。

眞子さんと小室圭氏との騒動の時、

「好きな人と結婚して何が悪いか」

と主張している文化人がいた。それは確かに正しい。一般人なら、という注釈つきで。やはり皇族の方には、許されることと許されないことがあるのである。それはつらい運命であろうが、それを幼少の頃から言いきかせ、教育するのが宮家のつとめではなかろうか。

〝正しいこと〟をなさるのはいいが、おかげで皇室ファンのおばさんやばあさんの心は、かなり離れてしまった。不届きな輩が、本当に失礼なことをSNSに書き込むようになった。私は残念でたまらない。

悠仁さまだって、そろそろマスコミで騒がれてもいい頃。切れ長の目を持つ、イケメンプリンスとして、ぜひグラビアに載っていただきたい。お父上の秋篠宮殿下は、「素敵な次男坊」として、人気者であった。大学に入るまで遠慮しているのかもしれないが、今、マスコミが悠仁さまご本人はまるっきり無視して、書かれるのは進学先がどうのこうのということばかり。秋篠宮家ももっとちゃんととり上げて欲しいと、せつに願う私である。

ところで雅子さま、愛子さま、佳子さまといったラインアップに、もう一人が加わるようになった。それはもちろん〝真美子さま〟である。毎週のように女性週刊誌の大きな見出しとなり、グラビアに出てファッションがとり上げられる。そしてやんごとなき方々と同じように、何をしても誉められる。

チャリティーイベントの時に真美子さんが着た、袖がシースルーの黒のジャケットと黒いパンツは、絶賛の嵐だ。ただそれを強調するあまり、他の奥さまたちを、やや揶揄するような表現は失礼だと思う。

ドジャースの選手夫人たちは確かに派手。ドレスも肌の露出が多い。胸が半分見えそうな方も。みんなアメリカン・ガールの延長という感じ。しかし、かの地の陽光と空気の中では、あれは大いに映えるのではないか。華やかなドレスや、肌を見せる着こなしも、ひとつのアメリカ文化だと考えられないか。真美子さんも素敵だけれど、他の奥さんたちも素敵。やはりメジャーリーグの選手が選ぶだけのことはある。

さて話は変わるようであるが、記事の見出しの印象操作ってイヤですよね。先々週号の「週刊文春」、真美子さんの記事であるが、

「デコピンに『Ｎｏ‼』、親族にウソ」

という見出しを見てびっくりした人もいたに違いない。

「デコピンいじめて、真美子さんって、そんなにイヤな人だったの？」

しかしよく読んでみればどうということはない。デコピンと散歩している真美子さんが英語で「Ｎｏ」と叱った。大谷選手との交際を親族にも隠していた、ということではないか。この見出しって、本当に作為がある。

真美子さんの話の後で、私のことをネタにするのは恐縮であるが、昨年の夏から秋にかけては、奇妙な見出しがいくつもあった。

当時はどんな会議をしても、情報がマスコミにダダ漏れになった。何が起こっても大きなニュースになる。ある時、会議でイジメに関する報告があった。それを読み上げているのは担当の部長である。するとまず、テレビのネット記事が、

「林真理子理事長らが、イジメはないと報告」

と見出しをつける。私は後ろの席に座っていただけであるが、〝ら〟をつけることで、その報告者の一団ということになった。ここまではまぁ許容の範囲としよう。

が、この〝ら〟が消されるのは不思議であった。すぐにネットニュースに見出しがでかでかと載る。

「林真理子理事長が、イジメはないと報告」

するとすごい勢いで、私への罵詈雑言が襲いかかる。〝ら〟は、いったい誰が、どういう権限で消すのか本当にわからない……。

嫌なことを思い出してしまった。まぁ昔からいろんなめに遭ってきた私。これはまだ世の中にネットというものがなかった呑気な時代のこと。

有名建築家の黒川紀章氏と対談をすることになった。光栄なことであるが気がすすまなかったのは、載る雑誌が「微笑」という、もうなくなっているが、かなり品のない、セックス記事

満載の女性雑誌だったからだ。

「大丈夫ですよ。対談の内容、全部チェックしてください」

と黒川氏から言われ、対談にのぞんだ。話題はいつしか、黒川氏が設計し、六本木に出来たばかりの六本木プリンスホテルのことに。女性の水着を眺めるかのような、水槽のようなプールがあったことで知られる。サービス精神過剰の私は、すぐに調子にのってペラペラ。

「このあいだAさん（黒川氏もよく知っている建築家）と、ここで食事したんですよ、そしたら彼が、客室をちょっと見ませんか、と言うので、上の階に行き廊下をひとまわり見学しました。まぁ何もなかったですが（笑）」

そうしたら半月後、新聞広告にでかでかと見出しが。大きな文字が目に入る。

「林真理子『夜のホテルで何もしなかったあの男』」

こんなめにばっか遭ってきた私です。

言葉は、弱くて強い

私は本当にわからない。

上川陽子外務大臣の発言である。

「大きな、大きな命を預かる仕事であります。今、一歩を踏み出していただいたこの方（自民党推薦候補）を私たち女性がうまずして何が女性でしょうか」

かなり長く引用したが、切り取られる時は、

「私たち女性がうまずして」

から始まる。

この発言が、出産をしない女性に対しての差別となるそうだ。

上川大臣は、自民党推薦候補を当選させるために、皆で力を合わせようと、その場に集まった女性の支持者に訴えようとしたのであろう。

「私たち女性が――」

と呼びかけたのは、自分自身への鼓舞と思われる。

政治家らしいそのリップサービスを不快に思う人もいるかもしれないが、それがどうして、子どもを産まない女性への差別となるのか。こうなったらもう「産みの苦しみ」という表現も使えないかもしれない。

上川大臣は、文語調のやや文学的表現を使った。そのせいだろうか、それが理解出来ない人がいたのだ。今、本を読まない人が増えて、読解力の低下は驚くばかりである。しかも〝切り取り〟は当たり前になり、皆、都合のいい言葉を使ってああだ、こうだと言いたてる。

しかしこのようなことは知的レベルが高いはずの新聞でも行なわれていてびっくりしてしまう。これだったら政治家や人の前に立つ人は、ひっかからないようにと、通りいっぺんのつまらないことしか言わないだろう。

かつて小泉純一郎元総理の言葉が、あれほど人の心をうったのは、とおりいっぺんでない体あたりで本当のことを言ったからだ。怒る時はナマの言葉がほとばしり出ていた。今は何か言えば、すぐにマスコミやネットが騒ぎ立てる。本当につまらない嫌な世の中になったものだ。

先日知り合いの弁護士さんとご飯を食べていたら、突然朝ドラの話になった。「虎に翼」は私も大好きで、毎朝欠かさず見ている。

弁護士さんいわく、

「刺さる言葉が多いよね。あれはものすごく優秀な弁護士が監修しているよね」

ということであった。

確かに寅子が試験に合格した祝賀会で発した、

「私たちすごく怒っているんです」

という言葉は胸に深く残った。なんて真摯《しんし》に生きている女性なんだろう。

その後寅子さんは妊娠していることがわかり、弁護士の仕事を辞めてしまう。

「どうしてそんなことするの？　子どもが産まれても仕事続ければいいじゃないの。お母さんが預かってくれるよ」

と思うのは現代の発想であろう。当時は子どもが出来たら、女性は家庭に入るのがふつうであった。しかも寅子さんは妊娠したことで、まわりの男性にいたわられることが恥ずかしくてたまらない。

何よりよねさんの鋭い言葉は、

「本気で弁護士やるんだったら、計画性もなく子どもつくるんじゃない」

という気持ちの表れであった。

私もやめなくてもいいと思うが、辞表を出すことが寅子さんの責任のとり方だったのであろう。

私のまわりでもわずか三十年ぐらい前のこと、女性で編集長になる人がぽつぽつ出てきた頃だ。結婚をしていたが、子どもをつくらない人がとても多かった。

「今、子どもをつくったら、間違いなく異動させられる」

と言うのである。今のように現場が整っていなかった頃だ。

「編集長になるのは私の夢だったから、絶対に辞めない」

と言ったっけ。

今、彼女たちが後悔しているかといったらそんなことはなくて、退職金をいっぱいもらった世代。悠々自適で楽しそう。夫婦でしょっちゅう海外に出かけている。

私はこれを多様性のハシリと思っている。こういう人たちに向かって、

「子どもがいなくて本当は寂しいんじゃない」

などと失礼なことを口にする人は誰もいない。

それと同じように、子どもを産まない女性がすべてつらい思いをしていて、上川大臣の発言に傷ついている、と断定するのは、それこそ差別だと思うのであるが……。

世の中にはいろいろな考え方の人がいる。上川大臣の発言を聞いて、

「ちょっと乱暴、イヤな感じ」

と思う人がいても不思議ではない。しかし以前はこれほど大騒ぎにはならなかった。もし記事になったとしても、

「ふうーん、そういう解釈があるのか」

とちょっと話題になったぐらい、いきり立って撤回など求めなかったと私は思う。

ところで話は変わるようであるが、袴田巌《いわお》さんのお姉さんの姿を見るたび、私はいつも感服してしまうのだ。

最初は袴田さんの妹さんだと思っていた。それがお姉さんで九十一歳と聞いて本当に驚いた。背筋がぴしっと伸び、スーツ姿が颯爽としている。袴田さんを迎え入れようと、自分でマンションを一棟建て、働きづめに働いて借金をすべて返したという。

私は事件についてはよくわからないが、お姉さんの言葉には説得力がある。弟を信じ助けたい気持ちでいっぱいなのだ。それに胸をうたれる。

現在ネット上では、差別やデマ、汚い言葉が渦まいている。嘘が堂々とまかりとおり、他人への憎悪が繰り返し示される。こういうものにはほとんど手つかずで、肉声で発せられたものには厳しい裁きが下され、そのハードルは年々高くなるばかり。

だから強い素朴な言葉を聞くと、本当にほっこりしてしまうのだ。袴田さんのお姉さん、素敵な人だなあと思う。どうかお姉さんの肉声は、きちんと判断してほしいものだ。

ベルトコンベア

今朝もまた泣いてしまった。

朝ドラ「虎に翼」である。愛する夫を思い出しながら、寅子が河原で焼きとりを食べるシーンだ。

その前は寅子のお兄さんが戦死し、そしてあのやさしい優三さんも戦病死していた。あまりにも可哀想過ぎるではないか。

そして私は亡くなったご本人たちにも、思いを馳せずにはいられない。ああいうインテリの心根のやさしい人たちは、軍隊でどんなにつらい思いをしただろうか。大学出というと、ことにひどいシゴキをした古参兵もいたらしい。

亡くなった私の父は、軍隊のことを詳しく話したことはなかったが、時折ぼそっと語ったことがある。それは新兵が便所で首をくくったということだ。首を横に振りしみじみとつぶやいた。

「どんなにつらかっただろうなあ……」

たいていの当時の子どもはそうだったと思うが、親の戦争体験など全く聞きたくない。あ、そう、とやり過ごしたのがつくづく悔やまれる。もっと話を聞いておけばよかった……という気持ちになったのは「虎に翼」のせいであろう。

そしてその思いの延長で、なんと昨日私は生まれて初めて靖国神社を参拝したのである。

実はこの靖国神社、私が勤務する日大本部から歩いて十分ぐらいのところにある。しかし一度も行ったことがなかった。

正直言って、

「なんだかめんどくさそうなところ」

という気持ちがあったのだ。が、私は政治家でも何でもないのだし、行ったとしてもどうということもないはず。銀行にお金をおろしにいったついでに、行ってみることにした。

思っていたよりも、ずっと小さいという印象だった。ドレッドヘアの男の子が、深々とお辞儀をしているのに驚いた。私もふつうの神社のように頭を下げ、おさいせんを入れた。

初夏の木々に囲まれたとても気持ちよいところであった。こんなにこじれる場所になる前に、何か方法があったのではなかろうかといろいろ考える私である。

ところで、ピアニストのフジコ・ヘミングさんが亡くなった。一度対談させていただき、コンサートに行ったぐらいのおつき合いであるが悲しくてたまらない。それはあの方が、昂然《こうぜん》と頭を上げ、自分の運命や老いと戦っていたからだ。

あの「ラ・カンパネラ」を、別のピアニストで聞く機会は何度もあったが、やはりフジコさんのそれがいちばん胸に響いた。

「私は機械じゃない。間違えることだってある。だけどそれが何なの。聴く人をひきつけたらそれでいいじゃない」

というのが口癖だった。

死までの五年間を、ＮＨＫがドキュメンタリーで撮っていた。最後は病院でのフジコさん。目が見えなくなり手も動かない。リハビリの一環になればと、スタッフは病院のピアノの前に座らせる。

たどたどしくちょっと弾いた後、フジコさんは自分で蓋を閉じた。あまりにも悲しいシーン。

「どうしてあそこまで撮ったんだ」

と年上の知り合いは、怒気を含ませ言ったものだ。

みんなはおそらくフジコさんが、ピアノを前にしたら復活するだろうと考えたに違いない。すっかり弱ったフジコさんであるが、鍵盤に手を置いた瞬間、〝変身〟すると期待していたのだ。が、そんな奇跡は起こらなかった。

フジコさんは、もういい、と言わんばかりにピアノの蓋を閉め、そしてすぐに亡くなったのである。

いつかこのページで、人生をクッキーを焼くベルトコンベアに例えたことがある。ゆっくりと進んでいき、やがていい焼き具合になった時に下にざーっと落ちていく。

時々コゲた焼き目がつくと、途中でとりはらわれる……。

「あまりにもしんにせまった例えでやな感じ」

何人もの友人に言われた。

「私ももうベルトコンベアにのせられているんだなあと思うとやりきれない」

あんなにお元気だった桂由美さんも逝き、お会いしたことはないが、今くるよさんや中尾彬さんも亡くなられた。有名人の死が伝えられると、私の頭の中に巨大なベルトコンベアがうかんでくる。ゆっくりと進むたくさんのクッキー。私もそのひとつだ……。

いけない。暗い話になってしまった。

ベルトコンベアで進行中の私であるが、日々面白いこと、楽しいことはいっぱい起こる。

四日前あるコンサートに出かけた。開演まもなく、椅子に座った私の体がずるずる下がっていくではないか。その日、ちょっとおしゃれをして光沢のあるスカートを穿いていたのであるが、その素材が座席の上を滑っていくのである。

次第に寝っころがる格好になっていく。そのさまはコントのようである。私は必死で足をふんばった。が、まだ下がる。両足を前の椅子の足元にかけ、力の限り止める。お腹がぴくぴくする。腹筋にはいいだろうが、とても音楽を聞くどころではない。

いったいどうしたらいいだろうか。

休憩時間私は考えた。どこかでスカートは売っていないか。サントリーホールなので、アーケードまで走っていくとか？　無理。いっそのこと上着を脱いで下に敷くか。

その時ひらめくものがあった。いただいたばかりのタオルハンカチがあったのだ。それを座席に敷くといい感じ。

そのタオルには「九重部屋」と書かれている。そう、夏場所の後、おいしいちゃんこをご馳走になったのだ。その時お土産にいただいたもの。

ちゃんこが私を救ってくれた。ベートーベンを聞きながら、私は好きな力士の取組を思い出し幸せな気分になる。こうしてベルトコンベアは進んでいくとしても。

ドーナツが食べたい！

今日は楽しみにしていた〝ドーナツの日〟である。

人気のドーナツを三百個、わが日大生に配る。今日行くのは三軒茶屋キャンパス。二つの学部があるところだ。

それは三ヶ月前のこと、若い職員たちと話していた。議題はどうやったら、学生を元気づけられるかということ。

「お菓子を配ったらどうですかね」

「子どもじゃないんだし」

「いや、すっごく喜びますよ。その時、学長、理事長も行って学生といろいろ話してください」

「それだったら、今、いちばん人気のあるものにしよう」

ということで行列の絶えない店のドーナツに決めた。何とかお願いして、三百個売ってもらうことにしたのは二ヶ月前のこと。

「だけど大丈夫ですかね」

とある幹部が心配そうに言う。

「ドーナツ貰えたコはいいけど、貰えなかったコは怒って、SNSにいろいろ書き込むんじゃないですか」

「もう、ジャンケン大会とか」

「時間かかります」

ネガティブなことばかり言うので、たまりかねて言った。

「だったら、もう学部の方で運営してもらおうよ」

たかがドーナツと言われそうであるが、本当に学生に配っていいのか、予算はどうするか、どういう名目でするのかと会議にかけるのが大学というところ。そのうちに誰かが「スマイルキャンパスプロジェクト」と名づけて、実験的にいちばんノリのいい芸術学部で始めようということになった。

自分が卒業したから言うわけではないが、この芸術学部は本当に楽しいところで、この話をするや、

「いいですねー」

と喜んでくれた。とにかく人材豊富だから、素晴らしいポスターもすぐに出来上がる。「D

ONUT」のスペルの、NとUの色を変えて、「NIHON UNIVERSITY」を表してくれたのはさすがだ。

「ドーナツの歌もつくっときました」

と学部長。若くて綺麗な音楽学科の助教が、ギターの弾きがたりで素敵な歌を歌う。

「ドーナツが食べたーい♫」

「食べたい！」と学生の合いの手が入る。

それだけではなく、ステージの上には「MARIKO」の文字やドーナツ形などの風船でつくられたフレームが。ここで希望する学生と一緒に写真を撮れということらしい。

一生懸命Vサインをしたら、今はそんなのはあまり流行っていないらしい。

「ハートをつくってください」

「腕を交差して」

とかポーズもいろいろ大変であったが、そのたびに学生といろいろ話して、本当に楽しいひとときであった。考えてみると、子どもではなく孫の年齢か……。

ちょっと前までは、

「お母さんがファンでした」

と言われたが、学生たちからは、

「おばあちゃんがよく読んでます」

と言われ感慨深いものがある。

そしてドーナツ配布はあらかじめ引き替え券を配ってくれたので、無事に終えることが出来た。

先々週は医学部で配ったが、ここではフォトスポットをつくってくれたばかりではなく、先生や職員たちが、自らドーナツのかぶりものをして待っていてくれた。そして今日は三軒茶屋キャンパス。スポーツ科学部もあり、大学の中でも特に元気あるところ。聞いたところによると、前日に大なわとび大会をして、参加者に引き替え券を配ったそうだ。

ドーナツを待っている間、傍らではもう一個食べたい学生のための「腕立て伏せコンテスト」も行なわれた。なんというエネルギーであろうか。

学生と一緒に写真を撮る。今日びの学生は顔が小さくておしゃれで、人懐こくて本当に可愛い。

「ちゃんと勉強するんですよ」

と口調はついおばあちゃんになる。

そしておばあちゃんは夜も忙しい。今日は一年に一度の日本文藝家協会の総会の日である。

私が理事長をつとめる日本文藝家協会は、会員二千二百人ほどの、日本でいちばんの職能団体だ。今日の懇親会には、全国から二百五十人の会員の方々が集まっていらした。東京會舘の大広間で、パーティーが行なわれるのだ。

「理事長と副理事長は、金屏風の前に立ってお客さんをお迎えしてください」

ということで、三田誠広さんと立った。

「熟年婚の、花婿花嫁みたいですね」

と冗談を言ったが、誰も笑わなかった。

一時間半、立ちっぱなしで皆さんに挨拶。会員の方ばかりでなく、関連団体や出版社の方たちもいる。日本漫画家協会を代表して、ちばてつや先生もいらした。スピーチしていただいたが、レジェンドの登場に皆大喜び、背筋がぴしっと伸び、お声も張りがあって堂々とお話しになるちば先生に感嘆の声しきり。

やがてお開きになり、疲れた私はそのまま帰ろうとしたのであるが、理事をお願いしている若い女性作家に声をかけずにはいられない。

「あなたたちこれからどうするの。飲んでく？」

「あの、私たち、文壇バーというところに行ってみたい。さっきママたちが来てたけど、あそこに行きたいです。一度も行ったことないし」

「あなたたちみたいに売れっ子なら、昔は編集者が連れていってくれたのにねー」

ということで銀座のお店に行った。私たち以外お客はいなかったが、ママから文豪と写ったアルバムを見せてもらい、彼女たちはキャーキャー大はしゃぎ。

いい人ぶるようであるが、人を喜ばせることに終始した今日一日。私はとても幸せな気分でこの原稿を書いている。さ来週は三島のキャンパスにドーナツを運ぶ。

文化の壁

本の宣伝のようになって恐縮であるが、三年前に『小説８０５０』という本を出した。これは引き込もりをテーマにしたもの。大きな社会問題ということで、ＮＨＫで取り上げてくれたこともあり、ベストセラーになった。

今回それが文庫化され、プロモーションを兼ねて講演会を行なうことになった。協賛は新潮社である。新潮社からは、ご存知、中瀬ゆかりさんをはじめ四人の編集者が来てくれた。

楽屋でお弁当を食べながら、私はイヤ味を口にする。

「あんなに売れた本なのに、文庫の初版部数がなぜこんなにショボいの」

最近文庫が本当に売れなくなった。世の中から文庫本という媒体が不要となっているかのようだ。

もちろんミステリーのベストセラー作家のように、文庫もすごい数が売れている人もいるが、まわりの作家に聞いても文庫の初版部数は減少している。

私など昔から、単行本はたいした数売れなかったのであるが、文庫はかなりよかった。以前だと文庫を一冊出すと、一年はまあラクに暮らせたのである。今はそんなことはない。

「今、本を買う人は単行本を買います。文庫化を待ってまで買う層がいなくなったんです」

あとは書店の減少、オーディブル、電子本の普及が原因にあげられるが、何よりも、

「若い人が本を読まなくなりましたからね」

そう、文庫本は若い人のものだったのに。

夏になると必ず出た出版社のキャンペーンのポスター。あきらかに若者を意識したものであった。今、ジーンズのポケットに、文庫本をつっ込んでいる若い人なんか見たことあるだろうか？

などと愚痴を言っても仕方ないので、『小説８０５０』の文庫本を売らなくてはならない。

久しぶりの講演会だったので、私はメモをつくった。

小説の連載をする時、たいてい二年前、早い時は三年前から準備が進められる。そしてテーマであるが、

「自分からこういうものを書きたい、っていう時もあるけれど、編集者からこれを書きませんかっていう時も多いですね。『８０５０』は、新潮社さんの方からぜひやりましょう、と言われました」

「８０５０」というのは、年金をもらう八十代の親に、五十代の子どもがパラサイトしていくという問題。

「しかしこれだとあまりにも悲惨なので、年齢を若くして、五十代の父親と二十代の息子としました。そしてここからが作家の出番です」

取材をして、いかに引き込もりがつらいことであるか、子どものために苦しみ悩む家庭が多いか。しかしそうした真実を書いていくと、

「ドキュメントになってしまいます」

もちろんドキュメントも多くの感動をよぶのであるが、小説は別のものにしなくてはならない。

「作家はそこでひとひねり、ふたひねりしなくてはなりません。自分なりのアイデアを出し、現実をさらにドラマティックなものに変えていきます」

一時間たった頃、最前列に座っていた名編集者でもある中瀬ゆかりさんを呼び込んだ。彼女は、テレビにも出演している人気者である。

「この本を一緒につくった、中瀬ゆかりさんにもご登壇いただきます」

大拍手が起こり、ここからは二人でのトークになる。私は編集者というのは、いかに作家のモチベーションを上げるために全力を尽くしてくれるか、という話をした。

「私、このあいだ文芸誌に短篇書いたら、編集長から長い長い直筆の手紙が来ました。それは、

人を誉める時はこう書け、というお手本みたいな手紙で、私はまだしばらく作家やってけるという自信持てましたよ。すごく幸せな気分になって、今も持ち歩いてる」

「そうですよ、編集者っていうのはそれが仕事です。そのために私たちはいるんです」

と言ってオチをつけるのが中瀬流。

「私、何かの座談会で、コンサルやっている女性と一緒だったんです。彼女、私のスカーフをものすごく誉めてくれたんですが、それってタイで買った、どうってこともないスカーフで、帰りぎわに彼女、自分の書いた本をくれたんです。『ほめ方の技術』とか何とか。そこには、誉めるものが何もない人には、スカーフを誉めろ、って書いてあったんです」

これには場内大爆笑だ。

そして二人で『愉楽にて』の取材で出かけたシンガポールで、私の求める取材先をどう見つけ出したか、などという話になった。

「まるでかけ合い漫才みたいでした」

次の日言われた。何人かの日大職員が来てくれていたのだ。

「あれは台本あるんですか」

「あるわけないよ、中瀬さんとは古い仲だしね」

教育の場所に携わってわかったことがある。それは教員はもちろん、職員もものすごくまじめということ。私たちがふつうにしていた下品なジョークなどもっての外で、私も口を慎んでいるが、中瀬さんとの丁々発止のやりとりを見て彼らはびっくりしたらしい。

「昨日なんかものすごく上品だよ。中瀬さんと仲よしの岩井志麻子さんとか、西原理恵子さんなんかだと下ネタ満載だよ」

そういえば私の愛読書である西原さんの「ダーリン」シリーズを三冊あげたところ、困惑の表情で言われた。

「色がどぎついし、どう読むのか意味がわかりません。どうしてクマが出てくるんですか」

そうかわからなかったか。文化の壁は存在してるのか。

ちなみに二年前、私が理事長に就任した時、

「みなさん、私のことを知らないと思うので本を読んでください」

と手紙を添え、『小説８０５０』を四百五十冊サインして、本部の職員に配った。みんな読んでくれたかな。

七十歳でわかったこと

七十歳になったら、してはいけないことがいくつかある、ということに気づいた今日この頃である。

まずはものを食べながら、新聞や雑誌を読んではいけないということ。

午前中の長い会議が終わり、自分の席で昼食をとるのは、何よりもホッとする時間。秘書課の女性がお弁当を運んできてくれる。このお弁当は、役員フロアの希望者の分を、まとめて買ってきてくれるものだ。

飽きないようにと、幕の内だけではなく、カツ丼、茶巾鮨、カレーと毎日工夫してくれているのは本当にありがたい。

その日は私の好きな金兵衛のお弁当。新聞を拡げながら、タラの粕漬けを口に運ぶ。すると小片がぽろっとブラウスの胸元に落ちた。シルクの緑色の生地についたシミは、水で濡らして、ハンカチではたいても落ちることはない。

あぁ、やってしまった。年寄りがしょっちゅうシミをつくるのはこういうことだったのか。行儀が悪いと言われても、一人で食べる時はいつも必ず何かを読んでいた。単行本はページをめくるのがめんどうくさいので新聞にする。週刊誌だったらもっといい。拡げて記事をじっくり読んでいく。

が、もうそういう楽しみは、やめるべきなのだ。手元が怪しくなっている。落下率は日々高くなっているに違いない。

「七十歳になったら、してはいけない百のことがら」

という新書を出したら売れるかもしれないと考えることがある。

まずは駅のホームで、若ぶってタタタと降りていかないこと。これは大切だ。最近私の友人が何人か、駅のホームで足をすべらせている。そのうちの一人は肋骨を折り入院までしている。ファッショナブルで、いつも先端の格好をしている彼女がだ。

「そう、老人は階段は落ちるもんだと思った方がいいよ」

うちの近くの美容院のおニイさんが言った。

「人が一生に落ちる回数は決まっていて、後半になるとぐっと増えていくんだって」

私は昔から階段が苦手だった。ヒールの靴や踵の高いブーツをはいている時はかなり注意していたものだ。が、今や恐怖心はその頃の比ではない。駅の長い階段は、奈落の底に落ちていくような気がする。緊張で顔がこわばっていく。何があってもすぐにつかまれるように、手すりのすぐ傍を下りていく。スマホを見ながら、タッタッタッと通り過ぎる若い人たちはまるで曲芸を見ているみたい。

お風呂も注意している。

うちで入る時は、家族がいる時間にして、最近は長湯はしないようにしている。週刊誌を読みながら、じっくり湯船に浸るのは、私の至福の時であったが、その時間を半分にするようにした。特にお酒を飲んだ夜は、さっと出るようにしている。

そして旅先での夜のお風呂は、絶対に入らない。お酒をいっぱい飲んで、へろへろになって深夜に帰ることが多いからだ。

「林真理子が、旅先の風呂で急死」

などという記事のタイトルが浮かび上がる。

タイトルといえば、新聞の死亡記事を見て自分の時のことを想像するのも、六十代ではなかったこと。

尊敬する親しかった先輩作家が、晩年はあまり活躍なさらなかった。その結果新聞の訃報が三行となり、私は目を疑ったものだ。

「あんなに人気があったのに」

これが無常というものか。私のレベルだと、そう大きな記事にはならないと思うが、せめて写真は載っけてほしいと思ったりする。

あと年をとると、スピーチを頼まれることが多いがそれも要注意だ。私が見ている限り、年寄りのスピーチは三つに分かれる。
①完璧に近いもの。さすが年の功と思わせる。含蓄のある言葉が多い。
②やたら長い。
③ウケを狙おうと、つまらない自虐ネタや暴露ネタを口にする。
①になりたいとそれなりに頑張っているが、はずすことも多い。
私は今まで、自分はそれなりにスピーチがうまいと考えていたが、それは全くの間違いだとわかった。年をとるにつれて、言葉の瞬発力は衰えていくばかりだ。短くて気がきいたことを以前はさらっと言えた。しかし今はメモがなくては不安で仕方ない。

ところで今、東京都知事の選挙で、世間は大騒ぎである。現職の小池知事を蓮舫さんが追う形となっている。

これは選挙とは全く関係ないことであるが、小池さんの顔がテレビでアップになるたび、

「これが七十代の顔なのか」

とつぶやかずにはいられない。

もともとは綺麗な方なのに、わが家のワイドの画面で見ると、とてもお疲れなのがわかる。シワや、目元のシミもはっきりと映っている。小池さんは七十一歳で、そのお年に見えないぐ

らい若々しいのであるが、テレビカメラがとにかくドアップで撮る。マスカラがにじんでいるのもお気の毒。

こんなにアップをさらされる七十一歳は、なかなかいないのではないだろうか。

それにひきかえ、蓮舫さんはやっぱり若い。小池さんと並んで映ると、肌がピチピチしているのがわかる。猫背ではなく、背すじがぴっと伸びている。が、私に言わせると、ちょっと痩せ過ぎ。私から言われても全く説得力がないだろうが、これ以上痩せないようにお願いしますよ。口のまわりがやや皺っぽくなっています。

もうじき七月七日の投開票日。選挙速報を見るのも私の好物。こんなに政治に興味を持つようになったのは六十を過ぎてから。しかしだから何なのよ、何かの役に立つわけでもないでしょう。どうせすぐに死ぬんだ。人間はいつか死ぬようになっていると、突然虚無に走るのが七十代。友人は慰めてくれる。あと二、三年たつと七十代に慣れると。本当だろうか。

「労災はありません」

私のトシだと、たいていの友人、知人に孫がいる。

孫は本当に可愛いものらしい。仲よしのある男性は、待望の孫が出来て大喜び。そのコの姿をＬＩＮＥのスタンプにしている。

「ＯＫ」

の返事に、幼児が手を拡げている写真が送られてくるのはなかなか微笑ましい。彼がやり手のビジネスマンなのでなおさらだ。

若くてキレイで、現役バリバリ感のある女性が、

「私、実はおばあちゃんなんです」

とカミングアウトして、こちらはびっくりすることもある。彼女が孫と遊んでいる姿など全く想像も出来ないからだ。

昨日のことである。日大の湘南キャンパスに出かけた。ここは東京ドーム十二個分の広大な土地に、小学校から大学院まである。昨日はそこの小学校を視察したのだ。その後、車で一時間ほど離れた日吉にある付属の中高にも行き、頼まれて短い講演もした。

湘南では小学生が可愛くて可愛くて、つい調子にのって一緒に遊んだ。中高でも張りきって、皆と写真を撮ったりした。そうしてたら夜疲れ過ぎて、バッタリベッドに倒れ込んでしまった。化粧も落とさず、目を覚ましたのが午前二時。その後お風呂に入ったのであるが、前にもお話ししたとおり、

「ここで心臓マヒで死んでしまったらどうしよう」

という不安が残る。

この頃土日も学校の行事に行くことが多い。

「バアさん、若い学長についていくので精いっぱいだよ」

とついグチをもらしたら、

「ちなみに役員は労災はありません」

ときっぱり言われた。あら、そうなの。そんなの初めて聞いた。

ところで全く話は変わるようであるが、先日両陛下がイギリス・ロンドンを訪問された。私がかつて失礼なことをしたチャールズ国王（詳しくは二〇二三年九月七日号のこのエッセイを参照されたい）が、貫禄あるキングになられているのは感慨深い。そしてカミラ妃も最初から

奥さんだったような雰囲気。みんなダイアナ妃のことを忘れているのではないか。

それはいいとして、馬車でのパレードの時、雅子さまがマスクで顔を覆っていらっしゃるのに、驚いた人々は多いに違いない。どうしてこんなことに、という私らの疑問に応えるように、すぐにニュースのアナウンサーは続ける。

「雅子さまは、馬アレルギーのため、マスクをおつけになっています」

そうだったのかとわかったものの釈然としない。沿道に並ぶロンドンの人たちも不思議に思っただろう。わが日本国民自慢の、美しく聡明な皇后さまを見てもらいたかった。オックスフォードに留学していらっしゃるのだ。それなのに白いマスクでお顔が見えない。もし馬アレルギーがわかっていたのなら、オープンカーにしてもよかったのではないか……。

などと考えていたら、馬術部に行ってみたくなった。日大馬術部の寮は、湘南キャンパスの近くにあるので、昨日帰りしな寄ってもらった。

実はここの寮の看板を、私が書いているのである。墨で黒々と書いた看板がちゃんとかけられていたが、陽の中で見たらやっぱりヘタだった……。

それはともかくこの寮は、馬場も厩舎もついていてかなりの広さだ。馬はなんと三十六頭いる。いきなり訪れたら、当然のことながら学生は授業で留守だった。しかし陽に灼けた一人の男子学生がやってきた。

「おはようございます」

ハキハキしていてとても感じがいい。

馬の世話や授業との兼ね合いについて、いろいろ質問している間にも、下の厩舎から馬のにおいがぷんぷん。

そうか、雅子さまはこれもダメだったのかも。帰りしな、

「馬って可愛いんですってね」

とシロウトの極みのようなことを尋ねたら、

「本当に可愛いですよ」

とにっこり。

「一人一人性格がまるで違うんです」

「このコの名前は?」

「〇〇〇〇(憶えきれない英語名)です」

競走馬だったそうだ。

そうか第二の人生を、学生たちのために生きてくれているのかとしみじみと思う。

この学生に送られて馬術部を出た。まぁ私など、孫はいないけれども、このところ孫のような学生や生徒と接することが出来て本当に幸せだ。楽しくて仕方ない。

「そもそも私は理事長を引き受ける時、まず浮かんだのは、緑のキャンパスを学生たちとキャッキャッと笑いながら歩く自分の姿だったんだよ」

よくまわりの人たちに、私は憎まれ口を叩く。

「それがどう、働くのはこの暗い昭和の建物で、会うのはあなたたちおじさんだけじゃん。考えていたのとまるで違うよ」

日大の本部は独立していて、市ケ谷の駅前にある。中には立派な講堂もあり、時々ここで「理事長・学長セレクト講座」という講演会を開くので、学生がやってくる。しかし人数は限られている。

「もっと学生と接したい」

という私の願いもあり、ドーナツを配ったり、オープンキャンパスで名刺を渡しているのであるが、私はとんとトシのことを忘れていた。

以前と同じようなスケジュールがもうこなせない。勤務後、夜の会食が続くと、朝起きるのが本当につらい。

が、もうひと頑張りと立ち上がると、あの声が。

「労災はありませんよ」

かなりのプレッシャーである。

行進が始まる

この原稿を書いているのが木曜日。

日曜日の東京都知事選投開票日までもうすぐだ。都内は〝白熱〟といいたいところであるが、全くといっていいほど選挙カーを見ない。

何日か前、銀座に行った時、石丸伸二さんの車をちらっと見たのが一度きりだ。

下馬評によると、石丸さんがすごい勢いで追い上げているというが、蓮舫さんにはかなわない。その蓮舫さんも、小池百合子さんには勝てなそうだ。

おそらく都知事は、小池さん圧勝で決まるはずだ。

新聞によると、女性票の多くが小池さんに流れ、蓮舫さんはあまり女性から支持されていないという。

どうして女性は小池さんに一票入れるのであろうか。それは彼女が女ひとりで頑張っている、という構図をうまく演出しているからだと思う。実際は何人かの男性大物政治家に、すり寄っていたこともあるだろうが、それは見えてこない。女性で初めて都知事になり、男社会の中で孤軍奮闘していると多くの女性はとらえているはずだ。

ふっくらと、いい感じでおばさん化しているのも好感をもたれるのかもしれない。

学歴詐称にしても、

「もうそんな昔のこと、どうでもいいじゃないの」

という感じではないか。

なにしろ私たちの世代は、〝留学〟に関して無知ゆえにとても寛大である。昔は付属の語学学校に行っただけでも「○○大学留学」で充分通用した。「卒業」しなくては、ちゃんとその大学に行ったことにならないなんて知らなかった。「ＭＢＡ」だの「修士」なんて言葉を聞いたのは最近である。

とにかく私たちの頃は、語学留学はあたり前、ちょっと通ったぐらいでも、

「ソルボンヌ大学留学」

「ニューヨーク大学留学」

なんてみんな平気で使っていたのである。小池さんはカイロ大学首席卒業と、ちょっと話を盛り過ぎたが。

「まあ、昔はよくあったこと」

と有耶無耶にされているのではなかろうか。

そこへいくと蓮舫さんは、美貌を売りものにしていたキャンペーンガールだったのと、男の人にいつも囲まれていたというイメージがあってかなり不利かも。民主党時代、

「二位じゃダメですか」

と言った映像はあまりにも強烈であるが、その左右にずらり男の人が並んでいたような気がする。男の人に大切にされて、その中で、キャンキャン吠えていたような、可愛いスピッツという感じかな。スピッツはやはり狸にはかなわないかも。蓮舫さん、お会いすればとても頭のいい素敵な女性である。もうちょっとお肉と余裕を身につけてくださいね。

それにしても、東京都知事選挙が一大事になる日本は、なんて平和なんだろうか。今にもっと深刻な選択を迫られるような気がするのであるが。

今、世界が戦争に向けて、きっちり行進を始めているような気がするのは私だけであろうか。

米大統領選討論会ではバイデン大統領が老醜をさらけ出し、トランプさんが断然有利になったようである。バイデンさんが降りて、別の候補を立てない限り、〝もしトラ〟は現実になる。

国境に高い壁が出来るのは必至であるし、ウクライナ支援もどうなるかわからない。

それでも熱狂的に、トランプさんを支持するアメリカ人の多いことにはがっかりを通り越して恐怖を感じる。

そのウクライナであるが、プーチン大統領は侵攻をやめる気はないし、最近は習近平さんと

仲よくなった。プーチンと習近平。この二人が顔を近づけている様子にはぞっとする。国際秩序など全く何も考えていないこの二人に、大きな権力と富が集まっているのだ。

意固地になっているイスラエルは、ガザ地区が最後の一人になっても、攻撃の手をゆるめないかのようだ。虐殺された歴史を経てきた人たちが、いつのまにか加害者となっていく恐ろしさ。

そしてフランスは極右政党が議席を大幅に増やした。ここでも財政の悪化と移民問題がひき金になっているそうだ。ウクライナ支援も重圧になってのしかかっている。

「フランスのインテリはみんな左」

と聞いて育ってきたが、その考えを変えなくてはならない時が来たのか。

ＮＨＫ「映像の世紀バタフライエフェクト」は、いつも私に衝撃を与えてくれる。今週は「ワイマール　ヒトラーを生んだ自由の国」であった。

一九二〇年代、ドイツにはワイマール共和国という国家があった。今見ても信じられないくらい、自由でデカダンスで楽しい。ベルリンにキャバレーは数十あり、ＬＧＢＴの人たちにも偏見がなかった。女装や男装した人たちが、毎夜店で踊り狂う。男性も化粧をして舞台に立つ。そうあの名画「キャバレー」の世界だ。しかし財政はやがて破綻し、失業者が町にあふれインフレが起こる。自由過ぎる政権は倒れ、やがてナチスが台頭する……。

この番組を見ているうちに、私の中にある考えが浮かぶ。

「人はもしかすると、民主主義がそれほど好きじゃないのかもしれない」

誰かが言っていた。民主主義は手間ひまがかかりお金もかかる。それよりも人間は、トランプさんや、プーチンさんのような強い人に何も考えずに従う方が好きなのかもしれない。そして今、民主主義に飽きた人たちは、ゆっくりと確実に戦争に向かって歩いている……。と、いろいろなことを考えたこの二週間。東京も選挙ポスターの掲示板を、ある政治団体が乗っとるという愚劣なことをしている。それに喝采するネット民。あんたらもいつか行進の一人に加わることになるよ。

選択を超えて

東京都知事選が終わった。

予想どおり小池さんの圧勝だったが、意外だったのは二位に蓮舫さんではなく、石丸伸二さんが入ったこと。

追い上げがすごかったが、まさかここまでいくとは思ってもみなかった。十代、二十代はぶっちぎりの支持率一位だったという。ネットがつくり上げたパワー。

新しい政治家の誕生かと、ちょっとわくわくしていたのであるが、最近のSNSは、持ち上げる時は思いきり持ち上げるが、落とす時もすごい。メッキがはがれたとか、パワハラだとか、大層な叩きようだ。

実は私も、選挙後の彼の対応を見ていて、すっかり嫌になってしまった。ひろゆき氏以来の冷笑主義というのだろうか、世の中をナメている人独得の態度。

「アンタさ、少しは自分の手を汚すことを考えなさいよ。政治家だろうと、政治屋だろうと、どっちでもいいからさー」

その時、ふと私の頭の中に小泉進次郎さんの顔が浮かんだ。今まであまり興味がなかったのに。

愚直と思われようと、ウザいと言われようと、必死に自分の理想を世間に訴えようとする。政治の力で世の中は変わる、と信じているからこそのあの姿。

「そうだよなー、進次郎さん、やっぱりいいかも」

と私が考えるようなことは、世間の多くの人が考えること。都知事選の後、進次郎さんの名前がネットに突然浮上したのである。

「進次郎の方がずーっとマシ」

そう、新しい政治家といっても、その根本は、社会の幸せを祈ることでなければ私たちはやりきれませんよ。

冷静になってみれば石丸氏の躍進は皆が言うとおり、

「ユリコもレンホーもイヤッ」

という人たちの選択だったのだ。

選択といえば、この頃私はいつも考えることがある。私の秘書に関してだ。

それはコロナが全ての要因と言えるかもしれない。

三年前のことである。三十年勤めてくれたハタケヤマが辞めることになった。どうしようか、と困っていた最中、編集者から紹介されたのが今のセトである。大手の航空会社のＣＡであるが、今、仕事がない。転職したいというのである。

「せっかくＣＡになったんだったら、もうちょっと我慢したらどう。コロナだって、必ず終わりがくるんだから」

と言ったところ、もともとＣＡの仕事が合わなかったという。

「飛行機酔いするし、その日会う他のクルーとハジメマシテで、すぐ勤務する人間関係もイヤでした……」

ということで試しに働いてもらったところ、かゆいところに手が届くように気がきくし、全てにきちっとしている。さっそく正式に勤めてもらうことにしたのであるが、そこに降ってわいたような私の日大理事長就任。

彼女は事務所にひとりぼっちになってしまったのである。

私と話をするのは、迎えがくるまでの十五分、ないしは三十分。あるいは夕方七時前に帰った時のみ。おまけに本当に申しわけないことに、連載もしなくなり本も出さなくなったので、彼女のボーナスもちょっぴりになる。

私が通常の仕事をしていれば、編集者たちが誰かしらやってくるのであるが、毎日一人。話をするのは中年のお手伝いさんだけという状態であった。

が、そんな中、毎週必ずやってくる編集者がいた。某女性誌を担当するA氏である。

私は今、二つのエッセイの連載だけをしているが、そのうちのひとつがこの女性誌である。

あとの一つは、この「週刊文春」の「夜ふけのなわとび」だ。

そしてここが重要なことであるが、私はこの女性誌で、エッセイと共にイラストも描いている。もう四十年近く描いているので、ヘタな自画像をご覧になっている方もいるかと。

手描きのイラストはファックスやパソコンでは送れない。必ず受け取りにくることになる。バイトのコが来ることもあるが、A氏のうちは同じ沿線にある。出勤の前、金曜日の午前中、彼は私の事務所にやってくるようになった。

それでどうなったかというと、やがて二人は恋におちた。そして結婚することになったのである。

まことにめでたいことである。

「よかったねー。うちに来て何もいいことがなかったけど、ひとつだけいいことあったねー」

と祝福したが、それだけでは終わらないのが作家のサガ。

「それにしても、あなたの選択のハバ、あまりにも狭くない？」

「そうですかねー」

「そうだよ。今、定期的にうちにきて、顔を合わせるのA君だけじゃん。ちょっと見渡せば他にも独身の編集者、いっぱいいるよー」

そう、そう、と私は続けた。

「今度、私の担当になったKADOKAWAのB君、ものすごいイケメンで、しかも東大出。ああいう人もいるんだから、もっと視野を広げてもいいんじゃないの」

これには彼女は、かなりむっとしたようだ。

「そういう方は私なんかに目をとめないと思います。私とAさんはとても合っていると思いますので」

顔も性格も全て好みなのだそうだ。もちろんA氏はさわやかな好青年であるが、たった一人から選ばなくてもと、私が冗談半分にねちねち言うと、

「これは縁だったんです」

きっぱり。

そうか、コロナが発生したのも、私が理事長に就任したのも、前の編集者が妊娠で担当を替わったのも、みんな二人が結ばれるための縁になったのね。選択なんていう言葉をはるかに超える縁という名の運命。

そして二人は三日前に入籍した。めでたし、めでたし。

推します

トランプさんが無事で本当によかった。

銃弾が耳を貫通しながらも助かったとは、なんという強運の持ち主であろうか。

それにしても、この強運をも含めて、トランプさんというのは、アメリカの大衆（全部とはいわないが）の心をつかむように運命づけられていると思う。

血を流しながらも、こぶしをあげている姿に人々は熱狂した。今年のピュリッツァー賞をとるのではないかと言われるあの写真に、私は絶句する。

なんてすごい写真なんだ。

青空に星条旗がひるがえっている。その下で血を流しながらも、天を仰ぎ、私は負けない、と誓うようなポーズの前大統領。

あれを見て私は硫黄島のあの写真を思い出した。占領した島に、アメリカ兵たちが星条旗を立てている写真。当時アメリカ国民の愛国心をかきたてたといわれるあの写真だ。これでトランプさんはヒーロー（すべての人のではないとしても）になった。

きっと何十年後（私は生きているはずもないが）、トランプさんに向けて発せられた弾はこう記されるであろう。

「世界を大きく変えた銃弾」

ところで世界を震撼させた事件のすこし前、日本でも許せない犯罪があった。二十二歳の女性が、生まれたばかりの赤ちゃんをゴミ箱に捨てたというのである。

彼女は推しのアイドルがいて、ものすごいお金を遣っていたという。

「推し」。最近この言葉がやたら注目されるようになった。が、ただのファンとは少し違うニュアンスが、あまり世間に知られていない。地下アイドルとかに、大変なエネルギーとお金を遣う。

「この人を応援出来るのは私だけ」

「この人をスターにしてあげたい」

という必死な思いは、少しも悪いことではないと思う。

昔、何度か大衆演劇を見に行ったことがある。そこでは俳優さんと観客との距離が近い。スターさんは、なじみの人が来ると、

「今日も本当にありがとうね。本当にうれしい」

と肩を抱いたりする。ファンはたいていが女性であるが、とても嬉しそう。そして花道で一万円札のレイをかけてあげたりするのだ。

こういうのは余裕のある年寄りがすることであろうが、若い人が好きな芸能人のためにお金を遣おうとすると無理が出てくる。そこで、いろいろな犯罪が発生するわけだ。

実は私、子どもの頃からファンになるということがなかった。もちろん好きな芸能人はいるが、その人のために手紙を書いたり、どこかに訪ねていこうとする人の気持ちがわからない。

当時はグループサウンズ全盛期。同級生たちは、ジュリー派とピー派に分かれ、ファンレターをせっせと書いたり、誕生日にプレゼントを事務所あてに送ったりしたものだ。

私はこういう彼女たちを冷ややかに見つめていた。

「一生涯、絶対会うこともない人のために、どうしてそんなことするの？」

友人に口に出して言い、

「そんなひどいことなぜ言うの!!」

と泣かれたこともある。

だから大人になってから、ジュリーにお会いした時は感慨深いものがあった。山梨の中学生だった私は、彼に会うことなどまずないと信じ込んでいたが、そんなことはなかったのだ。当時のクラスメイトたちは、もしかするともしかして、という夢を持っていたに違いない。私はそれをぶち壊してしまったのである。

さて、また話は変わるようであるが、先週の週刊誌に、

「〝陰謀論のシンボル〟と化した『三浦春馬』の謎を解く」

という記事があった。

人気俳優三浦春馬さんが亡くなって四年たつが、未だに彼は自死ではない、誰かによって殺されたのだ、というファンが何人もいるというのだ。

実際私も何通かの手紙をもらっている。なぜかというと、亡くなる一年前の三浦さんと対談しているからだ。

その時の感想を正直に言うと、

「ちょっとそっけないかな……」

という感じであった。ふつう俳優さんというのは、テレビドラマのことを誉められるより、映画や舞台のことを話題にされるのを好むものだ。寝っころがって見られるテレビと違い、それら二つは、お金を出してわざわざその場所までいくものだからだ。

ましてや私は話題となった、彼が主演の「キンキーブーツ」の初演を観ている。しかもニューヨーク・ブロードウェイの本場もののもちゃんと観ている。さぞかし話がはずむと思ったらそんなこともなく、

「そうですか……」

で終わってしまった。

「彼のあの態度は異常でした。私は林さんに調査してもらいたい。なんとかお願いします」

と丁寧な手紙で、文章も文字もしっかりしていた。嫌な気分はまるでなく、亡くなってもなお、ここまで言ってもらえる三浦さんは幸せだなあ、と思った。死を受け容れられないほど、彼のことを愛していたのだろう。推しもここまでくるとすごい。といっても私には芸能界のツテもなく、調査などとても出来るはずがない。ただご冥福を祈るだけだ。

そして昨日は直木賞の選考会。作家が自分のこれぞと思う作品を、力の限り、推して推して推しまくる日だ。自分の推しが受賞作となるとたまらなく嬉しい。その後のお酒もおいしい。しかし受賞にならないと、自分の力が至らなかった、どうしてもっと強く長く議論しなかったのかといじいじと悩むことになる。

何年か前のこと、渡辺淳一先生と私の強く推したものが受賞ならず、評価しなかったものが直木賞となった。選考会の夜は受賞者を囲み、文壇バーで乾杯するのがならわしであるが、その日はそんな気にならず、

「僕たち二人はあの中には入れないよね」

と先生がおっしゃり、二人でとぼとぼ別のバーに行ったのは懐かしい思い出である。

京の女性リーダー

久しぶりに京都に。

こちらの公認会計士さんの協会の総会で、講演をするためである。

実はこの講演会は昨年行なわれるはずであった。しかし大学の不祥事があり、キャンセルとなっていたのだ。

「今年は開催出来て本当によかったですねー」

顔をほころばせるのは、日大で常務理事をやってくださっているA氏である。日本公認会計士協会の元副会長で、財務のプロ中のプロ。この方には日頃本当にお世話になっている。だからこの方から頼まれた講演会、今年は義理を果たせて本当によかった。しかもA氏は、心配だからと、一緒に京都まで来てくださったのである。

ホームにはA氏の知り合いが迎えに来てくださり、八条口から車に乗り込む。タクシーでなくて本当によかった。

今日び、京都でタクシーに乗ろうと思ったら、すごい行列に並ばなくてはならない……と、八条口の前を見て、私はあれっと思った。

行列がとても短くなっているのだ。今年の春来たときとはまるで違う。土曜日だというのに、タクシーがすぐに行列の前にやってくる。

「あまりにも苦情が多かったから、市の方でも考えたみたいですワ」

私らの車の運転手さんは話好きのようだ。

「コロナでいなくなった人らが、また戻ってきたんですワ」

そして車が向かったのは、京都の八坂神社の近くである。近くの由緒ある建物がぎっしり並ぶあたりには、相変わらずインバウンドの方々がいっぱい。そしてその中でも、ひときわ目立つ建物に私たちは入っていく。なんと今日は、祇園甲部歌舞練場という由緒正しいところで、講演会をさせていただくことになっているのだ。

甲部歌舞練場といえば、あの都をどりが開かれるところで有名だ。

「都をどりはー、よいやさー」

という華やいだ声を、ニュースで聞いた人も多いに違いない。私もあのイベントが大好きで、ひと頃は毎年来ていたものだ。そこと同じ場所で講演させていただくなんてなんて嬉しいことであろう。

しかもこの歌舞練場の裏側は、舞妓さん、芸妓さんたちの学校、女紅場《にょこうば》となっているのだ。今日は特別に、この一室を控え室として使わせていただくのである。

玄関で靴を脱ぐと、三味線の音が聞こえてくる。入り口の壁には今日のお稽古のスケジュールが貼られている。一時間めはお三味線、二時間めは舞いと書かれていた。三味線の音は、舞いのお稽古をつけていたのである。

興味シンシンであたりを見わたす。事務所のカウンターの前には、スナック菓子やカップ麵が置かれていた。自由に食べていいわけではなく、稽古に来た生徒は、自分でお金を払うのだそうだ。

使っていない部屋には、お三味線がずらりと並べられていた。本当に教室だ。

控え室に行きかけて、私はほーっとため息をもらした。お稽古を終えた生徒たちが数人、日傘をさして玄関のところでたたずんでいる。

お揃いの白地の浴衣に素顔。髪をかきあげたうなじに真夏の陽ざしがあたっている。その美しいことといったらない。まるで日本画を見ているようであった。

さて本番。歌舞練場の八百人の席は満員である。講演の前に、舞妓さんたちの踊りもあった。正装した舞妓さんたちも本当に素敵。演目のひとつに「蛍狩り」というのがあった。

私は二十年以上前のあるお座敷を思い出した。当時よく行っていたお茶屋バーが二十周年を迎え、料亭に招待されたのだ。私の他には瀬戸内寂聴先生と、渡辺淳一先生、それからもう一人京都のお金持ちがいたと記憶している。

真夏のことで趣向を凝らしたものがあった。簾ごしに芸妓さんたちが、蛍の小さなあかりがついた籠を持って、静かな舞いを披露してくれた。その風情あることといったらない。初めての私など感激したのであるが、後に瀬戸内先生は、

「最近は芸妓も行儀が悪くなったわ」

と怒っていらした。舞いが終わった後、彼女たちがビールをがぶがぶ飲んだかららしい。その瀬戸内先生も、渡辺先生も、バーの主人ももうあちら側に行ってしまわれた。京都の思い出は、最近寂しさとつながってしまう……。

講演も無事に終わり、打ち上げは近くの料理屋さんで、六人ほどで食事をしたのであるが、皆さんとてもよくお酒をお飲みになる。特に支部の会長さんがとてもいい飲みっぷりで、日本酒のグラスを次々と空けていく。この会長さんは、私より五つ、六つ下だろうか、おしゃれで可愛らしい方。聞いたところによると、京都大学出の才媛で、女性で初めての支部会長だそうだ。

お開きになった頃、会長が言った。

「ハヤシさん、この後のお遊びも楽しみにしていてね」

歩いてすぐのお茶屋さんには、東京から来た若い役員の方々、十人ほどが待っていた。やがて三人の舞妓さんと一人の地方《じかた》さんがやってきて宴会となった。

私は次第に心配になる。

「さっきのお食事はご馳走になるとして、こんなお席はどうしたらいいんでしょうか。私も少しお支払いするとか……」

「いいの、いいの」

とA氏。

「この宴会は会長が持つことになってるから」

驚いた。私も昨日、大学のスタッフ何人かにおごったが居酒屋であった。女性のリーダーとして肝っ玉が違うぞ。体を使うじゃんけん〝とらとら〟のお遊びにも、楽しそうに興じる会長を見ながら、私はさまざまなことを学んだのである。

誰かがその時私に言った。

「女性のリーダーの条件は三つ。まず明るいこと、そして運がいいこと」

最後のひとつは酔っていてどうしても思い出せない。

オリンピックウィーク

オリンピックが盛り上がってきた。

毎日メダルラッシュが続き、さまざまなドラマがある。

私はこれまで、スケートボードやＢＭＸ競技といったものにほとんど興味を持たなかった。

それなのについ見入ってしまう。

しかしそれにしても、どうしてあんなことが出来るのだろうか。水泳、体操、柔道といったものは、まだ頭の中で理解出来る。

「ああして、こうして、こういったことを努力しているんだろうな」

しかしスケボーやＢＭＸとなるとお手上げだ。空中へジャンプし、その間にボードを動かす。ＢＭＸだと体を離して回転させ、サドルを摑む。動きの仕組みがわからない。選手も、まだ年齢のいかない子どもだったり、ＢＭＸだとふつうの体格の若い人だったりする。が、やたら面白くて、夜中でもテレビから離れられない。

実は日大も何人もの選手を送り出し、コーチや監督など関係者を含めるとかなりの数にのぼる。このあいだ馬術を見ていたら、スタッフの中によく見知った顔が。本部の職員で、こういう時はとても嬉しい。

私も選手が持っていく日の丸の旗に寄せ書きしたり、選手の訪問を受けたりした。本部ではウチワもつくり、気分は盛り上がるばかり。

ところで私が通う市ケ谷の本部では、二階に講堂とサロンがある。そのサロンではガラスケースにいろんな品を置いてあり、二ヶ月ごとに展示品を変えている。といっても、一般の人は入ってこられないので、見るのは職員だけ。自然、大学の歴史といったものになる。

「今回は日大のオリンピックの歴史です」

というのでさっそく見に行った。

戦前のロサンゼルスオリンピックから、出場した選手のリストや写真が飾ってある。監督のメモや船の中の食事のメニューも。

「フジヤマのトビウオ」と呼ばれた古橋廣之進さんは日大卒業であるが、この方の記念品は展示の目玉だ。そうしたら、一緒に見ていた職員（五十代）が、

「僕、学生の時、体育の水泳は古橋先生に教わりました」

と言うので驚いた。長らく教授をしていらしたそうだ。

そして、昔のアスリート大学生のカッコいいことといったらない。今と顔の形があきらかに違っている。顎ががっしり張っている選手が多く、みなおとなびているのだ。当時の制服やユニフォームも素敵。

「そういえば私、大学の時の卒論が田中英光の『オリンポスの果実』だったんだよね」

彼は早稲田大学の学生の時に、ボート選手として、一九三二年のロサンゼルスオリンピックに出場する。ロスへ向かう船の中での、女子学生との淡い恋を描いたこの物語は、未だに青春小説の名作として評価が高い。

「その卒論のファイルがあれば展示出来るんですけどね。このガラスケース、日大関係者でオリンピック関連のものなら、何でも飾りますよ」

「そう、そう」

私は声を出した。

「私、このあいだの東京オリンピックで、聖火ランナーやったんだよ」

えーっと一同どよめき。

「本当だってば。ほら、ほら、これ。山梨の桃畑走ったの」

スマホの写真を皆に見せた。トーチを持って満面の笑みである。

「リジチョーも、こんな顔してたんですね」

「そうだよ、この時はまだ自分の運命を知らなかったよ。ここに来てからは、記者会見のおかげで、すっかり暗く怖い顔してるオバさんになったけどね」とつい愚痴が出る。

「このトーチを展示しましょう」

「あの時、自分の使ったトーチは六万だか七万で買えたんだけど、高いし、私のことだからどうせほったらかしにするだけだと思って買いませんでした」

「残念ですねー」

しかし展示物が足りなかったらしく、私の聖火の写真はトランプの札ぐらいの大きさにされ、飾られることになった。展示の最後に、よく見ると私の聖火を持つ姿があり、皆の笑顔（苦笑）を誘うことになる。

ところで今回、馬術の銅メダルは思わぬ副産物を産んだ。前回、九十二年前に馬術で金メダルをとったバロン西が、にわかに注目されることになったのである。

バロン西、あの硫黄島で命を落としたことでも有名だ。最後の最後まで、アメリカ軍は投降を呼びかけたという。しかし彼はそれに応じることなく、仲間と死ぬことを選んだ。当時の日本人ならあたり前のことだったのであろう。

『オリンポスの果実』の作者、田中英光は恩師太宰治の墓の前で自死を遂げた。当時のアスリートたちの多くが、戦争や戦後の葛藤によって青春を完結出来なかったということはなんと悲しいことだろう。

パリオリンピックに出場している、ウクライナやガザ地区の選手たちに、不幸な運命が待っていないことを祈るばかりである。

さて話が全く変わるようであるが、今、シリコンバレーにいる、私の元担当者からＬＩＮＥが。新聞社に勤める女性だ。

「アメリカの若い学者やジャーナリストたちが集まるシンポジウムに行ってきました。そこで私の高祖父は海軍大将だったけど、日米戦争ではなく、日露戦争で戦いましたってジョークを言ったけどウケませんでした」

「えー、誰なの？」

名前を聞いてびっくり。瓜生《うりう》外吉《そときち》だと。

「ということは、あなたの高祖母は岩倉使節団に入って、初めてアメリカ留学した永井繁子なのね。益田孝とも親戚！」

オリンピック一週目、私は不思議と過去とアメリカにつながったのである。

開会式を自慢する

八月になると、私のスマホに〝自慢話〟が増えていく。

夏のバカンス「ここ行った。いいでしょ」の写真である。ヨーロッパのワインツアーやハワイ旅行もあるが、この頃多いのがパーティーの報告。

クルーザーでシャンパンを飲みながら、

「これからみなとみらいで花火を見ます」

というのがあったかと思うと、軽井沢でバーベキューパーティー。

河口湖だか山中湖のすごい別荘での、やはりバーベキューパーティーもあった。参加している人たちもみんなおしゃれで、セレブ感たっぷり。

「まるで〝華麗なるギャツビー〟の世界だよ」

こう書くと、本当の自慢話のようであるが、注目したいのはみんな他人《ひと》のものであること、つまり自分の別荘やクルーザーではなく、お金持ちの友だち持ってると、こんなにいいことあるよーという話である。

だからついツッコミを入れたくなる。

「〝ギャツビー〟のわりには、料理がショボくないですか。プラスチックのコップだし、テーブルにのってるのいなり寿司だし」

実は私もかなりの自慢しい。インスタなどはしないかわりに、どこか面白いところへ行った時は、友だちみんなに写真を送る。有名人とツーショットを撮った時は、

「私、ＳＮＳをしませんから」

と了解をとり、友だちに見せびらかすだけ。

「いいなー、いいなー」

と皆に言ってもらいたいという願望は、最近のＳＮＳ問題の根っこだと思うが、私の場合は友人限定だから許してほしい。

そして今回、友だちに送りまくったのは、ジャジャーン、甲子園の写真である。

「ぜひ開会式にいらしてください」

と朝日新聞社からご招待いただいたのは、今年の初夏の頃だ。昨年もお招きいただいていたのであるが、大学の不祥事でとてもそれどころでなかった。夏休みを一日もとらず、楽しい行事は全てキャンセルしたのである。

が、どうやら今年は行けそうだ。同行者は一人オッケーということで、仲よしの中井美穂さんを誘うことにした。

「わー嬉しい。甲子園なんて二十五年ぶりですよ」

私は一度も行ったことがない。今年甲子園球場は開場百周年になるという。こういう時にぜひ訪れてみたかった。

そしていよいよ当日、朝の七時に神戸のホテルを出た。八時集合である。

「いったいどのくらい時間がかかるんですか」

前日タクシーの運転手さんに尋ねたところ、三十分から四十分、という答えがかえってきた。ホテルのポーターデスクは二十五分という。よくわからないので早く出よう、ということになったのだ。

七時に神戸のホテルを出て、着いたら七時半。

「お客さん、ここが甲子園です」

おろされたところは、想像していたよりも小さかった。そびえているという感じはまるでなく、街中にふつうにある。思っていたよりも小さいが、煉瓦にツタがからんだ素敵な外壁は写真どおりである。

「マリコさん、あっちにレリーフありますよ」

「わ、本当」

二人でキャッキャしながら写真をお互いに撮りまくっていたのであるが、私は大切なことを忘れていた、美穂さんの前歴を。そう、彼女はフジテレビの超人気アナで、「プロ野球ニュース」でブレイクしたのである。

ここにいるたくさんのおじさんたちは、みんな野球ファンで、みんな中井美穂ファンだったはずである。案の定、

「写真撮らせてください」

とわらわらとやってきた。それをさばいて、入り口に向かっていた時だ、バスから降りた球児たちが、次々とこちらにやってくる。ちょうど日本航空高校の選手が目の前を通り過ぎる。

「山梨代表、がんばってよ！」

つい大声を出してしまう。

しかし今日の目的は山梨代表ではない。わが日大の準付属校である、札幌日大と長野日大の応援に来たのである。行進をしっかり見ないと。

やがて開会式が始まった。朝日新聞のヘリが、始球式用のボールを上から落とし、みんな大歓声。その歓声がひときわ高くなったのは、あの江川卓さんがマウンドに立った時だ。百周年を記念しての「怪物」の登場にみんな大歓声をあげた。球はワンバウンドしてミットに届いた。またまた起こる大歓声。本物のレジェンドとはこういうことを言うのだろう。

さて開会式であるが、熱中症に配慮してかとても短くなったような。おエラい方々のスピー

チもどれも短くてよかった。途中で選手全員、合図があっていっせいに水を飲んだ。そして選手宣誓。それもとてもよかった。甲子園百周年にちなみ、僕たちにとって、いつまでも聖地であり、憧れの地であってほしいと。じーんときた。青空に白いユニフォーム、甲子園ほど「若人」という言葉が似合うところはない。女子生徒の白い帽子と行進、「栄冠は君に輝く」を演奏するブラスバンド。甲子園の古風さがひとつひとつ胸に刺さる。なんていいんだ、この空間……。

そして感動のうちに開会式は終わり、そのまま第一試合を見ていたら、大学からＬＩＮＥが。

「ちょっと不味いことが。至急帰ってきてください」

清らかになった私の心が、また暗く沈む。

「仕方ない」

立ち上がる。そしてさっきの宣誓した球児の言葉が甦る。

「努力したとしても報われるとはかぎらない。しかし努力しなければ報われることはない」

（Ｂｙイチロー）

懐かしのテニスコート

軽井沢に出かけた。

ここに滞在するのは二年ぶりである。昨年の夏は不祥事により（しつこいな）、毎日大学本部に詰めていて一日も夏休みがなかったからだ。

昭和三十年代に建てられた、平屋の古い家であるが、ところどころ手を入れている。ここを買ってすぐの頃、編集者六人ぐらいとバーベキューをしていた。その最中、椅子の脚がベランダの穴にすっぽり入り、私は大音響と共にそのまま倒れてしまったのである。もしかしたら大けがするところであったが、なぜかすぐに起き上がった。何ともなかった。酔っていたのがよかったのかもしれない。

しかしお客さんに何かあったら大変と、ベランダをつくり替えた。ちょうどわが家の中庭の床（板）もボロボロになりすべてとり替え、あの年の出費の大変さを今も憶えている。

私の友人で大富豪の息子がいるが、彼はお父さんから常々言われたそうだ。

「別荘と二号は、金と手間がかかるから持ってはいけない」

確かにそのとおりである。しかも私はこの家をほとんど利用していないのだ。

「そのうち、年とったらひと夏すごそう」

と考えていたのであるが、年とってますます忙しくなった。

そのうえ、怖がりの私は一人でこのうちにいることが出来ない。姪など、五日間ひとりでいて、

「全然どうってことなかったよ」

と言うが私には無理。このあたりは夜になると真暗になる。後ろに古い別荘があったのだが、それが去年とり壊されている。誰かがやってきたら、もしかして熊が！　などと考えるととても一人で眠れない。

いつもは姪と一緒に行くのであるが、彼女は仕事があり途中で帰るという。私は友だちにSOSを出した。

「一泊でいいから来てくれない」

こうして近所のママ友とか、仲よしの女友だちが来てくれたのであるが、ここで大問題が。

今年の軽井沢はものすごい人出で、飲食店がどこも満員なのだ。私は一週間前にあちこち電話したのであるが、

「お盆中は席がありません」

冷たく断わられた。遠くのおそば屋にでも行こうと考えても、タクシーを呼ぶことも出来ない。

私はあれこれ考えた。たまたま来てくれた管理人さんに頼んで、駅に行ってもらい友人をピックアップ、そのまま駅に近いスーパーに行き、とにかく食材を買い込む。

ちなみに軽井沢の人気のスーパー「ツルヤ」は、多くの人が殺到し、道路が大渋滞だというのである。比較的空いているスーパーに向かったのであるが、ここも駐車するのがひと苦労だ。

だがせっかく来てくれたママ友に、一回ぐらいは外でおいしい食事を、と考え、オープンしたばかりの東京の出張店に頼み込み、何とか早い時間に席をつくってもらったりした。

こんな時、天使のように現れたのがジュンコさんである。彼女は某有名中華料理店のオーナー夫人。なんと食材とエプロン持参である。

「軽井沢は〝レストラン難民〟続出と聞いていたので、全部私がつくるわ」

ということで、極上のシャトーブリアンを持ってきてくれた。愛用の肉専用のフライパンと共に。そしてうちの冷蔵庫の中の野菜をつかってサラダをつくり、東京から持ってきた手づくりの副菜をテーブルに並べてくれた。

「さあ、召し上がれ」

有難くて涙が出そう。彼女が言うには、友だちの別荘に〝出張料理人〟としてよく出かけるが、これほど使いやすい台所は初めてという。あたり前だ。この家は料理研究家の友人から譲ってもらったもの。別荘とは思えない広さに、オーブン、食器類も全部そのままにしておいてくれたのだ。

さてジュンコさんは車で来てくれたので、次の日から遠出することも出来る。私が向かったのは、南ヶ丘。ここに日本大学軽井沢研修所があるのだ。

実はここ、私にとって思い出の地である。今から半世紀以上前、テニス部の部員だった私はここで合宿をしたのだ。森の中の道を、かけ声をかけながら走っていく十八歳の私。真白いスコートをはいていた。今となれば楽しい思い出ばかりなのであるが、ここで大事件が起こった。

上級生の横暴がいくらでも許された時代。ガクランを着た怖い先輩がいて、態度が悪いと、一年生の男子を平気で殴ったのである。これに腹を立てた一年生男子が、集団で合宿所を脱走した。当然大騒ぎになるのであるが、彼らはせっかく来たのだからと、その後、しっかり観光したようである。鬼押出しや浅間山の方まで行き、楽しそうな写真を撮っていて、それが合宿の記録写真と混じってまたひと悶着起こった。写真学科の一年生が写真係だったので仕方ない。写真係の彼は後に高名なカメラマンになり、アメリカ・ロサンゼルスで再会した。彼は脱走事件のことを憶えているだろうか。

さて研修所は、一万坪の敷地に立つ立派な建物。私の知っている木造の平屋は跡かたもない。中を見学させてもらったが、大浴場やラウンジもあり、素晴らしい施設である。

ちょうど柔道部の学生が、練習を終えて近くの道場から帰ってくるところであった。

「コンニチハー!」

見知らぬ(たぶん)おばさんが二人そこに立っていてもちゃんと挨拶するいい子たち。この日のランチは、ミートソースパスタとアメリカンドッグ。どちらも食べ放題だそうだ。

「ぜひ食べていってください」

と言われたのであるが、学生の食べものをいただくわけにはいかない。緑に囲まれた研修所を失礼する。懐かしのテニスコートを見ながら。

半世紀前、ランニングでいちばんビリを走っていた女の子が、理事長になってここに来るなんて、いったい誰が想像しただろう。

愛校心とランタン

一年ぶりに台湾にやってきた。

こちらには日大の校友会がある。ここからは、台湾の政界、財界に多くの人材を輩出している。政府のさる要人もうちの留学生。この創立二十周年にあたり、その祝賀会に招待されたのだ。

何度も言ったり書いたりしているが、台湾は私の大好きなところ。食べものはおいしいし、人はやさしい。街を歩いて、小豆氷を食べたり小物を買ったりする仲よし三人の旅を、毎年ゴールデンウィークに行なっていた。

「でも毎年台湾というのもアレだよね。今年はちょっと足を延ばしてバンコックにしよう」

といろいろ計画していたのであるが、言い出しっぺの友人が、仕事の都合でドタキャンとなり旅行はなくなってしまった。そんなわけで今度の台湾が、今年初めての、そしておそらく最後の海外旅行ということになる。

祝賀会の前夜、私は同行の職員と一緒に、台湾に来たら必ず行くあるお店に。ここの豆のスープが大好物なのである。

現地の友人に予約してもらったら、五時と七時半の二部制になっていた。こんなことは初めてだがとにかく行ってみる。お店はおととし広いところに引越していて、日本語のメニューも。それはいいとして、料理の味が落ちているのだ。豚肉の煮込みは冷えていて、他にもあらかじめ日本人好みのメニューはつくりおきしてあるという感じ。豆のスープもぬるかった。

「ごめんね、前はもっとおいしかったんだけど」

支払いをしようと、バッグに手を伸ばす。え、……、どうした⁉　えっ、まさか、そんな。ウソ！

財布がないのである。

「どうしたんですか」

「ハヤシさん、さっきタクシー代払った時はありましたよ」

どうやらタクシーの中に忘れてきたようだ。ソコツ者として長いこと生きてきた私であるが、財布をなくしたのは初めて。真青になる。台湾はカードを使えない店が多く、かなりの現金を入れていたのである。

「きっと出てこないよね……。クレジットカードも入ってたのに。カード、止めないと……」

がっくりと肩を落として夜の街を歩く。

「明日からどうしよう。お金が一円もない」

「僕が立て替えておきますから」

「カードも止めたし、お金は諦める。私が悲しいのはね、これで大好きな台湾が嫌いになったらどうしようってこと」

その時、現地の友人の携帯が鳴った。ホテルから乗ったタクシーだったので、ホテルに連絡したところ、今、届けられたという。タクシーの運転手さんが持ってきてくれたのだ。安堵と感動で涙が出そう。

ちょうどおしゃれなショップに入っていた最中。お金を借りて目についたTシャツを買った。そこにはイラストと共に日本語で「ともだち」と書かれていた。今の私の心境にぴったりだ。

「そう、そう、お財布を落として、返ってくるのは、世界中で日本と台湾だけですよ」

次の日、ランチを一緒にとったダン君が言った。ダン君こと、歌人で作家の小佐野彈君は、こちらでビジネスをしていて、日本と台湾を行ったり来たりしている。

「そういう意味でも、日本と台湾は似ていますよね」

彼は台湾三田会の副会長をしているそうだ。

「だけど人数すごく少ないですよ。早稲田は千五百人いますから」

「千五百人！」

すごい勢力である。

日大の台湾校友会は、五十人。ほとんどが留学生だ。この方々の愛校心は大変なもので、東日本大震災の時には寄付金を、コロナの時には大量の医療用マスクを送ってくださった。

ランチの後は、ホテルの横の美容院へ行き、いつもの台湾式シャンプーを頼む。泡でパンダの耳やハートをつくってもらうのは楽しい。

そして髪をしっかりブロウしてもらい、五時からの祝賀会へ。台北市の隣りの市に建つ結婚式場で行なわれた。どうして台北のホテルにしなかったか、その理由は最後に知ることになる。

とにかく広い会場。二百人が着席する。いちばん最初にスピーチをした。締めに財布の話をして、

「見つかるのは日本と台湾だけ。二つの国の友好は永遠です」

とか言ったら拍手が起きた。

それからは太鼓の演奏、獅子の舞い。ジャズの歌と演奏と、台湾らしい派手なエンタメがずっと続く。ご馳走も次々と出る。隣りの林《リン》会長といろいろお話をした。会長は台湾で有名な建設会社を経営していて、ドームの建設では特殊な工法を開発し、世界的にも知られているという。

「今日の私があるのは、日大と妻のおかげです」

とスピーチでおっしゃった。かなりの愛妻家とみた。

「実は卒業の年、どうしても学費が払えなくなりました。その時、お金を出してくれたのが妻だったんです」

奥さんはバイト先で知り合った日本人。結婚してからもずっと苦労をかけた。成功してからは、二人で海外旅行に行くのが本当に楽しみだった。その奥さまは今、ご病気だそうだ。

「妻は私の生き甲斐です。妻がいたからここまでこられました」

スマホの写真をいっぱい見せてもらったが、本当に可愛らしい奥さま。昭和四十年代のお二人の純愛を思うと、じーんと胸が熱くなる。会長の奥さまへの愛は、親日と母校愛へとまっすぐにつながっていくのだ。こういう方のために頑張らないと。

そして最後に巨大なランタンがいくつか登場。そう、十分《シーフェン》にある願いごとをかなえるランタン。このために天井が高い会場が選ばれたのだ。私は「日台友好」「日大復活」と大きく書いた。ランタンはゆらゆらと上がっていった。

ネットと皇族

今期の朝ドラ「虎に翼」を愛するあまり、私はどれだけの犠牲をはらってきただろうか。明日はちょっと寝坊が出来る、という日でも必ず七時半に起きる。もう体がそうなってしまった。朝早く家を出る時は録画を忘れない。

台湾に行った時はどうしようかと思ったのであるが、幸いなことにホテルでＮＨＫが見られた。

このあいだ男性の弁護士さんと話していたら、「僕も必ず見る」というので驚いた。

「これを見ないと、弁護士同士会話が出来ない」そうだ。

日本国憲法や少年法制定、家庭裁判所の設立、男女平等など難しいテーマをてんこ盛りにしながら、よくこれだけ面白くしたものである。脚本家はまだ三十代の女性で、日大芸術学部卒。私の後輩ですっかり嬉しくなってしまった。

主人公の寅子さんは、朝ドラ史上いちばん偏差値が高いかもしれない。モデルになった女性もバリバリの高学歴女性である。今まで朝ドラのヒロインというと、たいてい、明るい、おっちょこちょい、そして頑張り屋ということになっているが、寅子さんはひと味違う。戦前のインテリ家庭に育った、生粋のハイパー女子。

彼女が〝事実上〟再婚した相手も、東京帝大卒の筋金入りエリート。戦争で焼け残ったおうちは立派で、いかにも上流の知識階級。そしてそこの子どもたちが、見るからに、当時の東京のアッパークラス感をかもし出していることに感心してしまった。

男の子は日比谷高校から東大法学部、女の子はお茶の水か津田塾という感じか。曽野綾子さんの初期の小説に出てくるような、あるいは庄司薫さんの『赤頭巾ちゃん気をつけて』の世界。ふつうに勉強して、ふつうに難関校に行く人たちが、この時代は存在していた（らしい）。

ところで悠仁さまの進学問題であるが、相変わらず週刊誌が騒いでいる。紀子さまが東大進学を強くご希望で、ＡＯ入試を使おうとしていらっしゃるとか。

本誌前々号の悠仁さまの特集でも書いたが、反論出来ない方に対して、臆測だけであれこれ非難を浴びせるのはいかがなものであろうか。今のところ紀子さまは何もおっしゃってはいないのだから。

秋篠宮家が東大進学を狙っている。が、どうもかなり難しいらしい。だったらＡＯ入試や特別枠があるではないか。将来の天皇、ということでいろいろ配慮してもらう手もある……というのはマスコミの描いたストーリイ。それにのっかって、署名活動をする輩がいるのは本当に残念である。

折も折、お誕生日に紀子さまはこんなコメントを寄せられている。

「ネット上でのバッシングによって、辛い思いをしている人が多くいるのではないかと案じています。私たち家族がこうした状況に直面したときには、心穏やかに過ごすことが難しく、思い悩むことがあります」

という言葉は驚きであった。ネットの魔の手が、皇室の奥深くまで伸びているのだ。皇室の方々もなんとネットをご覧になっているらしい。私はかなりメンタルが強い方だと思うが、昨年のネットの集中攻撃にはかなりまいってしまった。自分では平気なつもりであったが、四ヶ月ぶりに健診に行ったら、血圧が二十あがっていた。

ネットの規制はアメリカの銃規制と同じだ。凶器となり人を殺すことだって出来るが、法整備が追いつかない。

もっとも日本でも悪質な書き込みをした相手をつきとめ、訴えることは出来る。ある調査によると、悪質なネット書き込みをしているのは、若い人たちではない。五十代の人たちが多いそうだ。

いい年をした人たちが、夜更けにパソコンを叩いて、悪口をうっていると思うとぞっとする光景ではないか。自分の人生、もう先が見えている。それなのに、楽しそうに生きていたり、いい思いをしたりしてる人が妬ましくて仕方ないということか。

もしかするとそういう人たちの中には、ひと昔前に一流高校から一流大学に進んだ人もいるかもしれない。それなのに出世もせず、いい家庭をつくることも出来なかった。そういう人たちが、激しい言葉を連ねていくのか。いやいや、悪質なネット民は、案外ふつうの人たちかもしれない。

何年か前、癌をわずらっている女性タレントさんのブログに、

「早く死ね」

などと書き込んでいた女性が書類送検された。彼女はテレビのインタビューに応じていた。顔は隠されていて、胸から下だけが映っている。

「誰もが感じたことを言ってるだけじゃないですか」

中年の女性の声。私のようなだらしない体型に、安っぽいワンピースが張りついている。ぞっとする絵面《えづら》であった。人の悪意が、こんな風に何気なく発せられたら、たまったものではない。

今、この原稿を書くために、紀子さまへのヤフコメを見たら、

「今までの自分の行動を胸に手をあてて考えた方がいい。ＳＮＳの法規制を強化しても、あなた方が敬愛される要素はないと思う」

に、なんと一・八万の「共感した」がついていた。

こんな国で皇族でいるのはなんて大変なんだろう。

総理大臣だってそうだ。人の妬みと羨望を同時にしょい込むことになる。ファーストレディはいわば、プチ皇族ではなかろうか。

だから頭のいいクリステル夫人は、夫の公務にはかかわらない、らしい。

ナマステ！

「今日、午後から渋谷の年金事務所に行ってまいります」

朝、秘書のセトが言った。

「えー、年金事務所？」

「ハヤシさん、忘れたんですか。来月から年金もらうのー、ってこのあいだ言ってたんですよ」

そうだった。本来は六十五歳からもらえる年金であるが、七十歳まで我慢すると支給額が増える。そんなわけで今年まで待っていた。さらに税理士さんに言われた。

「七十五歳まで待てば、さらにぐっとアップしますよ」

それもそうだと一度は思ったのであるが、二ヶ月ぐらい前に考えが変わった。

「人間なんて何が起こるかわからない。年金長いこと、ずーっと払い続けて一円ももらわないのは残念だよ。私、もう今年からもらうことにする」

しかしふと考える。秘書に聞いた。

「あのさ、七十五歳からもらうとすると、いったいいくらもらえるの」

「ちょっとお待ちください」

秘書がパソコンで調べてくれる。

「これだけ上がります」

「ふぅーむ」

かなりの差である。迷い始める。

「七十五まで元気で働けると思うけど、その保証は何もないよ。もし病気になったらどうしよう」

「その時はその時です」

若いのにしっかりしている。

「私はハヤシさん、このままずーっとお元気でお仕事出来ると確信してます。ハヤシさん、見た目もすごく若いですし」

お世辞もちゃんと言ってくれる。

「私、ハヤシさんが年寄りっぽくなるのイヤなんです。年金もらうと、やっぱり気持ちの上で『年金暮らし』ということになるんじゃないでしょうか。だったらもう少し延ばした方がいいです」

ということで、年金はもらわないことにした。

しかしこのトシになっても、ちゃんと働ける、ということは本当に幸せなことである。

私が毎日行く日大本部でも、私と同じぐらいの年齢で働いている人がいる。清掃の男性で、エレベーターや廊下でしょっちゅうすれ違う。大きなワゴンを難なく押していく姿に、勝手にシンパシーを感じ、

「おはようございます」

いつも大声で挨拶する私である。

ところが今朝、その男性がいない。どうしたのだろうかとあたりを見わたしたら、すごく美しい女性が二人。褐色の肌、彫りの深い顔立ち。清掃のユニフォームを着ている。

「どちらのお国の方かしら」

「私たちはネパールです」

「ネパール！」

何という縁であろうか。

「私、カトマンズに行ったことあるわよ」

「私たちカトマンズから来ました」

「それからね、私、ネパールの観光親善大使だったのよ」

「シンゼン？　何をするんですか」

「シンゼンっていうのはね、日本とネパールがもっと仲よくするために尽くす、っていうこと。これからよろしくね」

部屋に戻り、職員の男性に言った。

「今、そこでネパールの女性に会ったよ。今日から清掃が代わるらしい」

「そうですか……」

「あのね、私、ネパール観光親善大使だったんだよ」

「ええ!」

いつも私の話に食いつきが悪い彼が大きな声を出す。

「そんなことまでやってたとは!!」

「これには長いストーリイがあって、本学と関係しているんだよ」

私は語り出す。このことはもう既に、本ページで書いていたと思うがお許しいただきたい。

珍しく私の話に驚き、しっかり聞いてくれる彼が嬉しくて語り出す。

あれは二〇一七年、書店のサイン会に行った私は、一人の綺麗な若い女性から手紙をもらった。『西郷《せご》どん!』のサイン会だ。

「はじめまして。私はハヤシさんの大ファンで西郷真悠子と申します。名前でおわかりのとおり、西郷隆盛の弟、西郷従道の玄孫です。そして日大芸術学部演劇学科在学中のハヤシさんの後輩です。私をなんとか大河ドラマ『西郷どん』に出していただけないでしょうか」

到底無理かと思ったが、一応脚本家の中園ミホさんに相談したら、

「あら、いいんじゃない、話題にもなるし。でもオーディションに受からないと、NHKには出られないよ」

彼女に伝えたところ、頑張ってオーディションに挑戦し受かった。そして最初の回、従道の娘役で、チラッと出たのである。

その後も彼女とのつき合いは続き、ご両親ともおめにかかった。農水省の官僚だったお父さまが、ネパール大使になられたのは六年前のこと。遊びに来てください、と言われたが、まあ忘れかけていたある日、たまたま建築家の隈研吾さんと食事をしていた。その時、彼からこんな提案が。

「西郷大使、僕も知ってるから一緒にネパール行こうよ」

あら、いいわね、と一緒にいた中国人実業家ラーさん、リーさん夫妻もご一家で行くことになった。そうなると中園ミホさんも誘い、やがて九人のツアーとなったのである。

大使がいろいろ心を砕いてくださり、ネパール旅行は実に楽しかった。その時大使に頼まれ、私はネパール観光親善大使就任を承諾し、あちらのえらい人にも会った。いろいろなイベントに出てほしい、と言われていたのであるが、コロナのせいで何もないまま今日に至る。

優しいお人柄で、皆から慕われていた西郷大使が病いに倒れ、お葬式にうかがったのは最近のこと。

「でもね、ネパールと私の結びつきはずっとあったの。そして日大とも関係があったのよ」

「リジチョーの交友関係って、めちゃくちゃ広いと思ってたけど、それは偶然がいくつも重なってるんですね」

初めてといっていいくらい感嘆のまなざし。

「そうだよ、年寄りの話はちゃんと聞くと面白いでしょ」

私は言った。

バチがあたる

この原稿を書いているのは九月二十六日木曜日。

明日は自民党総裁選が行なわれる日だ。誰が選ばれるのかわからないが、日本を間違った方向に連れていく人だけはやめてほしい。

中国とは今、いろんなことがある。

かの村上春樹さんはおっしゃった。そういう時の国民感情は、

「安酒のように人を酔わせる」

どうかこの安酒を国民にふりかける人だけは総理になってほしくない。

どうか、どうかよろしくお願いします。

ところでやっと遅い秋がやってきた。実りの秋ほど、山梨県出身でよかったと思う時はない。

夏の間は親戚や同級生から桃が届くが、秋になると葡萄に変わる。巨峰やシャインマスカット

がいっぱい。今年のシャインマスカットの見事さは、〝シャチョー（社長）マスカット〟と呼びたいぐらいだ。ずっしりと実が詰まり、甘みが強い。

しかし今年は、このシャインマスカットもぶっとぶようなものが新潟から届けられた。魚沼産コシヒカリである。

今年は急に米不足になり、いろいろなところで騒がれた。スーパーに行っても、棚に何もないことがあった。最近はかなり解消されたが、それでもお米が貴重なことは変わりない。

「ありがとうごぜえますだー」

と宅配の箱を前に、頭を垂れる。

私は今回のことで、お米の有難さが認識されてよかったと思っている。

考えてみると、この何年か私たちはお米をないがしろにしてこなかったか。パンがおいしい、お米は太る、とか言ってお米の消費量は減るばかりであった。おかげで農家もずっと減反をさせられていたのに、今、手の平を返したように、

「お米を寄こせー」

「もっとつくれ」

という要求である。

消費者というのは、なんと勝手なものかと農家の人たちは思っているに違いない。実はこの私も、ダイエットのために、糖質は出来るだけ摂らないようにしていた。

しかし皆が「お米、お米」と言うようになったら、急に食べたくてたまらなくなってくるではないか。朝ならいいだろうと、いただいた新米を二合炊いた。こういう時に限って、ご飯の〝親友〟もいろいろ届いて、今、うちにあるのは加島屋の瓶詰めセット。鮭ほぐしの瓶を開け、炊きたてのご飯の上にたっぷりのせ、その上に焼き海苔をかける。

いつも新米の頃に同じことを言っているが、なんという美味しさであろうか。ほのかな甘みが口いっぱい、うまみとひろがる。二杯軽くいける。

お弁当のご飯は平気で残すくせに、お茶碗のご飯は絶対に残さないのは、私が昔の人間だから。私ぐらいの年だったら、茶碗にご飯を残したら親に叱られたものだ。

「農家の人が大切につくったものを残すとバチがあたるよ」

お米の文字は、八十八回手をかけるからだ、とか何とか。だから、

「いただきます」

「ごちそうさま」

と頭を下げる。

私はこれを日本人のよき慣習だと思っていた。そうしたら友人の井川意高《もとたか》氏が、高須克弥・高須クリニック院長との対談でこんなことを言っていた。

彼は子どもの頃から不思議だった。

「先生、お百姓さんは、自分が稼ぐために働いているんじゃないんですか。僕らの顔を思い浮

かべながらお米を作っているんですか。感謝するなら、給食費を払ってくれているお父さんに感謝するべきじゃないですか？」

さすがに秀才と言われる人は違う。子どもの頃から、皆がふつうにやっていることに疑問を持ち、それに異を唱えるロジックをちゃんと持っている。

ご自身は、

「先生からすれば、嫌な生徒だったでしょうね」

と言っているが、さぞかしまわりは驚いただろう。お米というのは、おせんべいやグミとは違う。多分に宗教的要素を持っているものだ。それをないがしろにするということは、日本文化を損なうことだと考える大人もいたであろう。バチがあたると脅かしたはず。私は昔から、

触らぬコメに祟りなし。

理屈はやめてお米は食べるだけにしておいた方がいい。また井川氏とは反対に、瑞穂《みずほ》のナンタラカンタラ言うようになってくると、わりとややこしい人になっていくような気がする。

さて、またまた話は変わるが、私は炊き込みご飯がそれほど好きではない。白いご飯を白いままで食べたい方である。が、この頃ちょっと気のきいたお店へ行くと、最後に出てくるのは必ずお釜で炊いた炊き込みご飯だ。

今の季節だと、マツタケとハモ、なんていう贅沢な取り合わせも出てくる。ちょっと前はトウモロコシが多かった。

私はご飯をほんのちょっといただく、するとたいてい残りをお握りにして持たせてくれる。竹皮にくるみ、包装紙をかけ、ひょいと紐をする。それをお店の名を書いた紙袋に入れてもらい、持って帰りのタクシーに乗ると、とても満ち足りた気持ちになる。

が、うちに帰ってからが問題だ。育ち盛りの子どもでもいれば大喜びされるであろうが、夜遅く食べてくれる人はいない。仕方なく、いったん冷蔵庫に入れる。次の日、朝ご飯に食べる。すごくまずくなっている。

「お土産のお握り、どうしてる?」

とまわりに聞いたところ、

「帰ってきて、つい食べてしまう」

という答えが多かった。

私もぬくもりのあるお握りを手にして考える。冷蔵庫に入れ、まずくするのはしのびない。だから食べる。炊き込みご飯はお握りにすると美味しい。だからついもう一個食べる。結局三個食べる。そして恨む。

「私をもっとデブにしようとして、お握りのバカ」

そしてバチがあたるのではないかと首をすくめる。

秋が来た

今週、目覚ましを七時半から八時にした。それは今度の朝ドラを、

「もう、いいか」

と判断したからである。

何度も言っているが、朝ドラのヒロインは、半年を共にするクラスメイトだ。そこにいくと、「虎に翼」の寅ちゃんは、心の底から好きになった親友である。彼女に会うために、前夜どんなに遅くなっても七時半に起き、玄関を開け身じたくを整えた。

「ずっと録画しとけばいいじゃん」

という人は多いが、リアルタイムでクラスメイトに会うのは私の朝の儀式であった。

略称「トラつば」にハマった女友だちは実に多く、今度友人の家に集まり、第一話から見ることになった。題して「トラつばマラソン」。

週に一度、バレエヨガに集まる仲間は七人ほどで、職種はそれぞれ違うがとても仲がいい。私は後から加わったのであるが、元々は熱心なヅカファンたちの集まりである。

だからたまに誰かのうちに集まって飲み会をすると、ずうっと宝塚のＤＶＤを流すことになる。この時に、〇〇さんがどーした、こーした、という会話が延々と続き、私はとてもついていけなかったのであるが、今回はトラつばだから大丈夫。おまけに、

「キリタンポ鍋にしようね」

という楽しい約束が。

どうしてキリタンポかというと、バレエヨガの先生のカノジョさんが秋田出身で、取り寄せてくれることになったからだ。

「新米のキリタンポは、そりゃあおいしいらしいよ」

新米といえば、このあいだ届いた新米のことも既にお話ししたと思う。新潟県の県庁に勤める友人が、

「日本でいちばんおいしいお米」

と言って、毎年送ってくれるのだ。今年は同時期に、加島屋の瓶詰めセットもいただいた。同じ故郷のおいしいものたちが、こうして東京でめぐりあっている。

「そうだ、おむすびをつくろう」

ちなみに私があまり仲よくなれないと判断した、朝ドラのタイトルは「おむすび」。第一回

にいかにもおいしそうなおむすびが出てきた。あれをつくってみよう。

たまたま遅くうちを出ることになっていたので、三合炊いておむすびをつくった。

「お米は、魚沼のコシヒカリの新米、お塩は金沢に行った時に買った能登の塩、海苔はお鮨屋さんがくれた有明。中身は加島屋の鮭とイクラ。そのおいしいことといったら。私はあっという間に三個食べちゃったわよ」

と日大で自慢したら、

「塩むすびでいいから食べたい」

とまわりに言われたので、今日は朝、早起きして四合炊いた。持ち歩くのに中身がイクラだとちょっとコワいので、梅干しにすることにした。梅干しは山梨の親戚が送ってくれたもの。なかなか食べる機会がなかったのであるが、ここに来ていっきに消費することになる。おむすびはさまざまな貰いものを吸収していく懐《ふところ》の大きさを持つ。

そしてこんなことをしている間にも、秋は確実にやってきている。十月になってからも、突然真夏日が来たりするが、それでも朝晩はひんやりとしている。

「日本はもう夏と冬しかない」

と脅かされて久しいが、それでもやっぱり秋は来る。夜の空気がまるで違う。そして秋の夜だけに訪れるあの清澄さ。

このところ読まなければならない本が多いので、夜の会食は出来るだけ避けて仕事場に向かう。そしてCDをかけて、ゆっくりとページを開くと、本当に満ち足りた幸福な気分になる。

CDは郷ひろみさん。

先週の日曜日、渋谷のNHKホールで郷さんのコンサートが開かれた。毎年友人と二人でこのツアーに行くのを楽しみにしていたのであるが、急きょ彼女が来られないことになった。あまりにも時間がなく、しかも日曜日。たまたま仕事で終日一緒だった、秘書のセトに声をかける。しかし二十代の彼女に郷さんのすごさがわかるか。

「郷ひろみさんでございますか……」

彼女は感慨深げに言った。

「若い時の話で、今はもう見る影もありませんが、私の父は郷さんにそっくりだったそうです。〝博多の郷ひろみ〟と呼ばれたこともあったとか」

「へぇー」

「うちの母は郷さんの大ファンで、それで父のことを好きになって結婚したんです。ですから私の出生のルーツにかかわる郷さんを、ひと目拝見したいと思っておりました」

話がなんだか大げさになったが、とにかく二人でNHKホールに向かう。ホールは、女性たちで大満員である。中年も多いが、若い人もいっぱい。

コンサートの前には郷さんと面会出来、一緒に写真を撮ってもらった。セトは大感激である。

「さっそく母に見せたいと思います。ものすごく喜ぶと思います」

彼女のお父さんは見る影もないそうであるが、ステージの郷さんは昔のまんま。すらりとした体。長ーい脚。ダンスも完璧。今年のステージはレーザーを駆使し、演出も凝っていてそれはそれは楽しいものであった。声ときたら以前よりもずっと豊かで、味わい深いものになっている。アップテンポの歌もいいが、バラードの素晴らしさといったら今や日本でいちばんだと私は思う。この前日、「旅サラダ」を神田正輝さんがお退きになった。

「松田聖子さんの元ダンは事実上引退されて、元カレはこうして第一線で変わりなく活躍している。ふーむ、何という運命であろうか」

といろいろ思いにふける秋の日の私であった。

創立記念日

十月四日は、わが日大の創立記念日であった。

そして同時に「日大デイ」であったと私は認識している。まず朝日新聞の朝刊全十五段に、学長の写真が載った。久しぶりにうてたうちの広告は、若くカッコいい学長の就任の決意である。これは世界的カメラマン、レスリー・キーさんが撮ってくださった。

何人かからLINEで、

「おたくの学長、本当に素敵ね」

「ニュースキャスターかと思った」

と誉められ、鼻高々である。

しかもこの学長、朝から東都大学野球の始球式もつとめた。最初は冗談半分に、

「理事長がやったらどうか」

という話もあったらしいが、

「どこかの知事のように、骨折したら大変」

ということで、すぐに却下されたそうだ。

理工学部出身の学者である学長は、とても真面目な人で、話があってから毎日練習に励んだことを私は知っている。本部の屋上で、キャッチボールが始まった。人材豊富なうちの学校、甲子園優勝の時のキャプテンが本部の職員にいて、お相手をつとめていたのだ。

さて当日の神宮球場。雨が降ったり、陽がさしたりと落ち着かない天気である。私は何人かとネット裏に陣どる。創立記念日なので、大学は休み。ゆえに野球部の部員や、チアリーダーたちも席に座っている。

そしていよいよ始球式が始まった。マウンドからの距離というのは、真近で見るとかなりのものだ。腕をふりかぶる、元野球少年の学長。

「がんばれー！」

みんなで声援をおくった甲斐があり、見事ノーバウンドでミットへ。しかもかなりのスピードである。よかった、よかった。

そして肝心の試合であるが、相手の國學院も実力派チームでどちらも譲らず、同点の末に延長戦へ。そうしたら表に、二点もとられてしまった。もうだめか……。が、ネット裏で大声を出すオバさん（私のことです）。

「〇〇〜！　打て〜」

そしてバッターが打ったボールは、どんどん伸びて外野席へ……。

「ウソでしょ！」

私たちは叫んだ。ホームランで三点入り、日大の勝ちである。みんな喜んだ、というよりあっけにとられ、

「こんなこと、小説でもあり得ませんよね」

と後ろで見ていた課長も言ったくらいだ。

いくつかスポーツ紙が取材してくれて、私のことを「勝利の女神」と書いてくれたところも。しかしブスーッとした写真ばかりである。私はよく「仏頂面をしている」と批判を受けるが、そういう写真ばかり使われるので仕方ない。そもそも加齢のため、口角が下がっているのである。

私は最近、前外務大臣の上川陽子さんを注視している。ほぼ同い齢なのでこの方のお洋服やメイクを参考にさせていただいているのだ。もちろんこの方は、お顔をいじったりなさっていないから、ふつうに皺や弛みがある。が、それがなんとも知的な雰囲気をかもし出しているのだ。年相応の魅力もたっぷりあり、こんな風になりたいものだといつも思う。

が、日本最高レベルの頭脳があってこそのこの容姿。まあ私レベルだと、いろいろ努力しなくてはなるまい。

今年の誕生日に、旧い友人（男性！）からリフトアップできるデンキブラシなるものを貰った。古希ということで張り込んでくれたらしい。

「いつまでも美しくいてくださいね」

と嫌味としか思えないカードも添えてあった。私は毎朝、このデンキブラシを必ず使っている。今まで美容器具を山のように貰ったが、一ヶ月と続いたことはない。それが毎朝、洗面所の鏡の前で、これを手にしているのである。毎日十分間。

私はよく若い人たちに言った。

「トシとると、メンテナンスにものすごい時間と労力がいるんだよ。そこへいくと、あなたたちは、何もしなくても肌はスベスベ、髪はツヤツヤ。どうかその時間を勉強か何かに使ってね」

が、それはもう前世紀の説教であるとつくづくわかる。今の若いコたちは、二十代、ひょっとすると十代の頃から美容に励んでいて、その努力たるやすさまじい。話題になった美容グッズは売れに売れ、エステはもちろん、美容整形にも抵抗がない。それはモテたいとか、いいところに就職出来るかも、というありきたりの願望によるものでなく、

「なりたい自分になりたい」

という激しい欲求によるものなのであろう。このあいだテレビに、女子高校生のボディビルダーが出ていた。コンテストに出るためのジムトレーニングがすごかった。私は何もこんな可愛いコが、筋肉ムキムキにならなくてもと思ったのであるが、やればやるほど体が変わってい

くのがたまらなく面白いのだそうだ。なるほど、若い女性はみんなある種のボディビルダーなんだ。

ところで最近私たちのまわりで、めちゃくちゃカッコいい、と話題になっている女性がいる。前にもお話ししたかと思うが無罪が決まった、袴田巖さんのお姉さん、袴田秀子さんである。背すじがびしっと伸びた体といい、話し方といい、とても九十一歳に見えない。五十八年間、弟の冤罪を晴らすために、さまざまな運動をされてきた気概もさることながら、同時に優秀なキャリアウーマンでもある。経理のベテランになり住み込みで働いてお金を貯め、なんとマンションを一棟建てたというからタダ者ではない。弟のために自分の人生を犠牲にしたわけではない、というコメントもすごい。

「世の中、こういう女の人がいるんだねー」

私たちは感嘆のため息をもらす。

七十になるのもあっという間。九十になるのもあっという間。どんな人生をおくりたいのか、どんな年寄りになりたいのか、よく考えた方がいい……なんて言っても、誰も聞くわけないか。元気な間はとにかくいい思い出だけはつくりましょう。

オバさんは思う

「マリコさんのエッセイって、この頃オバさんっぽいね」

突然こう言ったのは、本誌でもおなじみの、サイバーエージェント社長の藤田晋さんである。ショックだった。

藤田さんといえば、ＩＴ産業の頂点を極めたお一人であるが、あの世界の社長に共通するアクの強さがまるでない、いつもはにかんだ風の、もの静かな方である。

年に何回かおめにかかるが、その夜の食事は、日本橋室町《むろまち》のスペイン料理であった。赤と白のとてもいいワインを持ち込んでくださり、食事もご馳走してくださったが、藤田さんのエッセイによると、

「飲食費は会社の接待費ではなく、必ず自分のお金で払う」

とか。いつもすみません。

やさしくてお金持ちでイケメンと、私の「男性ベスト３」に入るその藤田さんから、

「オバさんっぽい」

と言われて、思わず「ひどい！」と叫んでしまった。

「オバさんどころか、バアさんなんだから仕方ないじゃないですか」

「いや、オバさんっぽいところがいいのかなあって思ったんです」

なんでもご自分がエッセイを書くにあたり、読者の年齢層を考えているとのこと。確かに「週刊文春」の読者の方は、やや年齢層が上であるが、だからといってオバさんっぽくていいわけではない。

それなら今週から、うんと若づくりにしようかな。えーと、若いネタって何だろう。私は「週刊文春」ともう一つ、女性誌の「ａｎａｎ」にもエッセイを連載しているのであるが、こちらはたいてい美容とおしゃれ、ダイエットについて書くようにしている。

中身にも気をつけていて、このあいだは「眼瞼下《がんけんか》垂《すい》」について書いたが、若い読者にはふさわしくなかったのではないかと反省した。それよりヒアルロン酸について書いた方がよかったかも。

それで「週刊文春」でもとにかく若々しくね。はい、わかりました。最新ネタ、韓国ミュージカルについてとか書こうかな。いや、それは私ではなく友人たちが行ってきたのだ。彼女たちは〝推し〟があるからものすごく若い。

私の推しといえば、日曜日久しぶりに歌舞伎に出かけた。半年ぶりくらいだろうか。私は毎月必ずチケットを買っているのであるが、自分で行けたためしがない。直前に用事が入るので、秘書とか編集者にあげてしまう。が、その日は珍しく何もなくて、近所のママ友と出かけたのだ。

歌舞伎のいいところは、見ているうちにリラックス出来るところ。私はオペラも大好きだが、あっちは体も心もかなり緊張してしまう。もしウトウトとしたらどうしようかと、全く気が抜けない。しかし歌舞伎は違う。あの三味線の音と唄声、昔からのセリフまわしは、人間の心を心地よく癒してくれるのだ。感動もじわっときて、すとんと奥の方に落ちていく。その気持ちいいこと。

「歌舞伎って、こんなに面白かったっけ」

夜の部も必ず見なくてはと思った。玉さまと仁左衛門さんとの「婦系図《おんなけいず》」。以前あの有名な、「切れるの別れるのッて、そんな事は、芸者の時に云うものよ」を生で聞きたくて、新派の舞台を見に行ったっけ。今度は玉さまのあのセリフを聞きたいと思ったのであるが、夜は完売であった。残念……。

ふーむ、やっぱり話題はオバさんっぽくなっていくな。それならばもう、居直って、本当のオバさんネタを書こう。

「十月一日から本部のペーパーレス化を実施。これから決裁もパソコンで行う」

という連絡を聞いた時、私はついに来るべきものが来たかと思った。

私はパソコンが苦手。というよりもあまり触れることがない。

私の原稿がすべて手書きというのは、ご存知だと思う。その方がはるかに早いからである。パソコンで打とうと、何度かチャレンジしたが、自分の頭の中に浮かんだ言葉を、変換することにどうしても慣れない。

私の場合、それよりも頭と手を直結させて、腕のおもむくままに書いた方がはるかにスピーディーで、いいものが書けるような気がする。そんなわけで、Ｚｏｏｍはタブレットでやるし、たいていのことはスマホですませる。

原稿を書かなければ、パソコンを使う機会はほとんどないのだ。

しかし私のそんなアナクロなスタイルは、もう許されなくなった。仕方ない。パソコンやりましょう。しかしオタオタするところを人に見られたくない。

昔読んだミステリーを思い出した。お屋敷に勤めるメイドは、文字の読み書きが出来ない。子どもの頃に教育を受けなかったからだ。彼女はそのことを必死で隠そうとするのだが、バレるのを怖れるあまり殺人を重ねていく……。

私は秘書のセトに言った。

「うちに使ってないパソコンあったよね」

「一台は廃棄し、一台は私が使ってます」

「じゃあ、うんと安いのを一台買ってきて」

そうしたら五万円のを手に入れてくれた。毎朝十五分、出勤前に特訓。

そしてついに十月一日がやってきた。目の前に大きく真新しいパソコンが置かれる。

「さっそくこれで決裁してください」

担当の職員二人が私の傍に立った。

「見てませんから、早くご自分のパスワード入れてください」

入れた。しかしログインできない。緊張して手がすべるのだ。五回めに成功して、やっと決裁書類にたどりついた。今は何とか普通に出来る。

今日はワードで手紙を書いた。お礼状をいつも職員に頼むのであるが、忙しいとあまりいい顔をされない。そんな時は私が手書きで書いてきた。今日からはパソコンで私が書く。しかしものすごく時間がかかる。

世間の人って、本当にみんなこんなことしてるんでしょうか、とオバさんは不思議で仕方ない。

読書週間

教育に関係するようになってから、私が注意していることがある。それは、

「皆さん、本を読みましょう」

という言葉だ。

大学でも、附属の高校、中学に行っても、これを口にしたとたん、みんなさっとシラける。

そして、

「ありきたりのつまんないことしか言わない」

という冷ややかな視線が私にくる。

作家としてつらいことだが仕方ない。今まで私は長いこと、読書啓蒙運動に参加してきた。

読書推進ナンタラ、という委員会やプロジェクトもやってきた。

「ハヤシさんは本屋の娘なんだから協力して」

と頼まれ、書店の代表や出版社の社長さんたちと議員会館に行ったことも。読書週間には都心の書店前でビラも配った。

エンジン01の出張授業で、いろいろな高校に行き、読書の楽しさを話したっけ。しかし今となっては空しい。本屋さんの数は減り続け、アンケートによると、一ヶ月に一冊も読まない大人は六割にのぼるという。

子どもたちの冊数はやや増えたようであるが、高校生になればすぐにスマホにすべて乗っとられてしまう。経産省が、書店の経営を支援するとか言っていたが、あまり進展は見られない。パブリックコメントを集めている時間があったら他に何かしてほしいと思う。

とまぁ、本をめぐる状況は厳しくなるばかりで、私は胸が痛むのであるが、この何年か、

「本を読みましょう」

と言い続けるのをためらう気持ちが出てきた。もうみんな本がそれほど好きではなくなっているのだから仕方ない。もう一部の人の趣味となっているものを、ああしろ、こうしろ、と押しつけるのはどうかなぁ、という気持ちである。それに、

「本を読むと人間力がアップするし、いろいろな知識が身につく。教養というものを持ついちばんの近道」

などと言ったとたん、

「じゃあ、あんたはどうなの？」

と言われそう……。

しかし今は読書週間、少し本の話をしてみたいと思う。

どうして大岡昇平の『武蔵野夫人』を読もうと思ったのかわからない。何かの記事にちらっと出ていたのを憶えていたからだろうか。一九五〇年の大ベストセラー。文庫で手に入る。

「土地の人はなぜそこが『はけ』と呼ばれるかを知らない。……中央線国分寺駅と小金井駅の中間、線路から平坦な畠中の道を二丁南へ行くと、道は突然下りとなる」

なんという美しい書き出しであろうか。まるでフランスの小説のようだと思うが、それもそのはずで、作者の大岡昇平はスタンダールやラディゲの世界を日本に持ってこようとした。実験的な小説なのだ。登場人物はほんのわずか。五人だけといってもいい。彼らの心理をピンセットでつまみ、少しずつ動かしていく書きぶりは、今のエンタメを読み慣れている読者にとっては、途中やや退屈するかも。しかし実に優雅な退屈で、途中でページを閉じる気になれないから不思議。

やがて必然とも唐突ともいえる悲劇がやってくる。読み終えると、じわーっとさまざまな感想が胸にわき上がる。

そして私もいつか、限られた場所で、限られた人たちだけで進行する小説を書きたいなあと考えるようになった。が、これはものすごい力量が必要となるだろう。

そしてつい先日、水村美苗さんの『大使とその妻』を買った。まだ読み始めたばかりであるが、これは避暑地小説かなと思う。限られた場所と人に、限られた階級、ということになるだろう（後にブラジルも出てきた）。

水村美苗さんは以前『本格小説』を上梓されているが、これが本当に素晴らしかった。『嵐が丘』の世界を、日本で展開されているのだ。英語圏で暮らしてきた方だから、文体が翻訳小説のようで、非常に香気高い。私はすっかり魅せられてしまった。

水村さんに初めてお会いしたのは、私が直木賞をとってすぐの頃だから、四十年近い昔。たまたま知り合った経済学者岩井克人さんに紹介されたのだ。

「僕の妻に会いませんか」

目のとても大きな綺麗な女性がやってきた。三人でお喋りをしていた時、私はもうじきアメリカに行くという話をした。

「アメリカの国務省の招待で、一ヶ月行ってきます」

日本の次世代のリーダーに、アメリカをじっくり見てきてほしいというプロジェクトであった。会いたい人のリストを出してくれれば、極力かなうようにするという申し出もあり、ニューヨークでは大きなエージェントとも会う手はずであった。

「東部にも南部にも行くつもりです」

と言ったところ、水村さんからプリンストン大学に寄ってみないか、というお話があった。

当時水村さんは、プリンストン大で日本文学を教えていらしたのだ。

ニュージャージーの大学に立ち寄ったところ、学生に短い講演をしてほしいとのこと。日本文学の現状についていろいろお話ししたのであるが、十人ほどの学生はあまりピンとこなかった様子。その後、

「○○を知っているか、今、どうしているか」

などと質問があったのだが、私の全く知らない、新人の純文学作家ばかりで面くらった。水村さんに言わせると、日本文学講座の予算がなく、「新潮」「文學界」「群像」「すばる」を取り寄せることしか出来ず、それをテキストにしているということであった。

しかし刺激的ないい時間だった……。

とここまで書いてふと思う。私とて知的で国際的な作家になるチャンスはあったのだ。いったいどこで道が違ったのであろうか。今は人の才能に感嘆するのみの読書週間である。

残念

最近これには驚き、そして腹が立った。

何かって国連女性差別撤廃委員会である。

日本に対して、選択的夫婦別姓の導入と、「男系男子」の皇位継承を定めている皇室典範の改正を勧告したという。

私は若い頃、夫婦別姓について声高に叫ぶ人たちに対し、正直、

「めんどくさそう」

という感想を持っていた。

夫の姓だと不便、という言い方ならわかるが、

「違う姓になると、私のすべてのアイデンティティが失われる」

「今まで生きてきた人生、すべて否定されるのと同じ」

ｅｔｃ……。大げさだなあと思っていた。私は結婚して二つの姓を使っていたが、本名、つまり夫の方を使うのはいろいろ隠れミノになって都合がいい。そんなにいきりたたなくてもいいのでは……というのが当時の感想であった。

しかし時代は変わり私も変わった。

そろそろ本気で、夫婦別姓やらなくてはマズいでしょ、と私が思っていた矢先、この国連からの勧告である。

「ああ、そうですね。確かにそのとおりですね」

と素直に従う人が何人いるだろうか。夫婦別姓は近いうちに実現させなくてはいけないと思うが、それは私たちの政府において、私たちの議論で進めることである。勧告は全く、余計なお世話である。

ましてや皇室典範の改正だなんて、失礼にもほどがあるではないか。皇室のことをどこかで聞き齧ったのか。これには政府も抗議したらしいが、ヒトさまの国の皇室に関してクチをはさんでくるなんて、国連はそんなにえらいのだろうか。

こんなことをしているヒマがあったら、なぜロシアやイスラエルによる殺戮をとめないのか。私はロシアのネベンジャ国連大使を見るたびに、テレビの画面に何か投げつけてやりたくなる。

このあいだは平気で、

「北朝鮮兵士の派遣は真赤なうそ」

と言っていたのに、最近は国際法に沿ったものだ、と居直っている。が、この人も心の中ではさまざまなことを後ろめたく思っているのだ。そうでなかったら、ずっと下を向いたまま、あんな早口で喋るわけない。

とにかく女性や子どもへの殺人行為をやめさせることが出来ない人たちが、したり顔でよその国の、夫婦別姓や皇室について何のかんの言うのは非常に不愉快だ。安全保障理事会と、その女性差別撤廃委員会とは違う、と言われても私は納得出来ない。

さて、これ以外にも腹の立つことは山のようにあり、口惜しさのあまり眠れない夜もある。そんな時は楽しいことを考えるようにする。友だちとやるハロウィンパーティーにはどんな仮装をしようかなあ、ということだ。

この連載の読者の方だったら、私が遊びにどれほどのエネルギーを費すか知っているはずだ。特にコスプレとなると私は燃える。催しものできゃりーぱみゅぱみゅ、ピコ太郎などに扮し、人々の絶賛を浴びたのは記憶に新しい。特にピコ太郎はカツラもかぶり、踊りもマスターした。動画を見せたところ、本物だと思った人が何人もいたほどだ。

「それで、今年はマリコさん、何にするの？」

週に一度のバレエヨガで、皆に聞かれた。

「もちろん北口榛花《はるか》さんよ。あの人は今年の顔だもの。タンクトップ着て、何か持とうと思って……」

一瞬みながシーンとした。いろいろなことを想像したに違いない。北口さんの二の腕ははちきれそうであるが、すべて筋肉で出来ている。だからカッコいい。しかし私の場合は、ぜい肉で揺れるだけ。

「マリコさん、そこまでカラダ張ることないよ」

ヘアメイクのヒロミさんが言った。

「ちゃんとジャージ着なよ」

「そうだね……」

「私がちゃんとヘアメイクしてあげるから」

ということで、ジャージを買いに原宿へ。日曜日とあってものすごい人だかりである。私はスマホで調べたスポーツ用品ショップをいくつかまわる。

しかしどの店も若い人仕様になっていて、狭いフロアに階段が急。エスカレーターはおろかエレベーターもない。

「女性用のウェア、どこですか」

「三階です」

三階にたどりついてもサイズがない。細っこいのばかり。また階段を下りて別の店へ。ようやく真赤なジャージのトップスを見つけた。これに合わせて派手なレギンスを揃えたいところであるが、もう気力体力なし、通販で買うことにした。ついでに髪飾りも、秘書のセトに頼んだ。

「若い人がするみたいなのを、アマゾンで選んで買っておいて」

彼女は、北口さんの画像を見て蝶々のものを買ってくれた。

当日ヒロミさんがやってきた。一流のヘアメイクである彼女は、すごく研究熱心。

「マリコさん、北口さんの特徴はね、太い眉とチークの入れ方。それから眼が大きくてちょっと垂れてる。マリコさんの目も垂れてるから、うまく似せられると思うわ」

髪は真中でわけ、飾りピンをつけ、ゴムでしばった。そうするとだんだんそれらしくなってきたような……。

バレエヨガの先生が、

「ヤリの代わりにしたら」

とストレッチ用のポールを貸してくれたのであるが、残念ながらタクシーに乗せられなかった。その代わり日の丸を体に巻いた。われながらすごくよくやったと思う。が、この仮装を北口さんだとあてた人はあまりいなかった。

「マリコさん、この頃痩せたから」

と言うが本当だろうか。

国難に向けて

昨夜は眠れなかった。

トランプ氏が大統領選に勝利したからである。ウクライナの今後、ガザ地区の終わりの見えない地獄を考えて、目は冴えるばかり。本当にいったいどうしたらいいのであろうか……。

安倍さんがお元気だったら、なんとかなったかもしれない。安倍さんと仲よくしていた頃は、トランプさんはまだ、ちょっと過激な愉快なおじさんであった。愛敬もあった。

しかし今や彼は、完全に確信犯になろうとしている。アメリカの中のポピュリズムの炎をさらに大きくしようとしている。

石破さんだとナメられやしないだろうか。どうせすぐ、トランプさんが就任したら、アメリカ訪問するんだろうが、その時にちゃんと対応してもらえるのか。トランプさんはこれから、日本にものすごく意地悪をしそうだ。関税もうんとかけると公言している。そうでなくても次第に貧乏になっていく日本。トランプ大統領が追いうちをかけるのか……。

　選挙も終わったことだし、日本の政治家の方たち、どうぞ頑張っていただきたい。

　それにしても、と私は考える。政治家の方たち、年々小粒になっていやしないだろうか。経歴を見ても、政見放送を聞いても、

「大丈夫だろうか……」

と思うような方がいっぱい。

が、選挙区で落ちても、比例というセーフティネットがある。それでも三期、四期とやっていけばそれなりのポストを与えられ、大臣にだってなる。

かねがね不思議なのは、常日頃、

「政治家なんて信用出来ない」

なんて言っている人も、本人を目の前にするとそれなりに有難がることだ。政治家はどこへいっても特別扱いを受け、センセイ、センセイと呼ばれる。大臣になったりしたら大変だ。それこそもう大変な権力を手にすることになるのだ。

　つい最近、官僚の友人と飲んでいてこんな質問をぶつけてみた。

「初入閣の、まるっきり何もわかってない人がトップに来た時、官僚ってイヤにならないの？またイチから教えなきゃならないのかって」

「それはない、それはない」

彼は手を振った。

「もう僕たちは慣れてるから。それより皆で力を合わせて、大臣に恥をかかせないようにしようってことだけを考えてるかな」

「なるほどね」

その官僚であるが、昔から日本は、政治家は三流、官僚が一流と言われていた。優秀な官僚が国を支えているのだと。しかしこの数年ですっかり様変わりしたようだ。東大の卒業生が霞が関にそっぽを向き、コンサルや商社に行き始めたという。そちらの方がずっと収入がいいからである。

こんなことを言うと、東大を出たからといって、優秀な官僚になるとは限らないではないか、私大で何が悪い——と言う人もいるかもしれない。それは半分あたっているだろうが、やはり日本における最高の頭脳に、政治や行政に集中してもらいたいと思う私である。

最近のこと、某省に勤務するA氏が赴任先から帰ってきた。とある海外の都市に三年間行っていたのである。この間、私によく写真を送ってくれた。英語はネイティブ並みの彼であるが、その国の言葉もすっかりマスターしたようだ。

「言語習得と共に、ピアノも徹底的にやろうと思って」

演奏をしている姿も送ってくれた。それ以外に旅行や登山もよくしていたようだ。何でも出来る。ちなみに独身である。

「帰国歓迎会をしようね」

と言ったところ、

「同い齢ぐらいの面白い人たちと会いたいです」

ということで、三十代から四十代の学者やマスコミの人を五人誘った。彼と同じ東大法学部卒の独身の女性編集者も、外資に勤める私の姪もやってきた。

彼女たちに興味を持ったかはわからないが、A氏の体験や洞察力は非常に面白く、座はおおいに盛り上がったのである。

「なんて頭がいい人なんでしょう」

出席者の一人は言った。

「いずれは次官になる人ですよね」

A氏に尋ねたら苦笑いしていた。あまりそういうことには興味がないようだ。

「じゃあ、途中で立候補するの？　どこかに移るの？」

「何もまだ決めていません」

こんな優秀な人が民間に行くとしたら非常に残念だ。

私は昔、四谷本塩町《ほんしおちょう》にあった公務員宿舎に、遊びに行ったことがある。そこに当時は、大蔵省と呼んでいた財務省の知り合いが、一家で住んでいたのだ。あまりにもボロくて狭くてびっくりした。あの頃の官僚の方々は、たとえ貧乏でも自分たちの立案したものが国を動かしていくという喜びや気概があったかも。どうにかしてあの頃のモチベーションを取り戻していただきたい。そうでないと私たち国民が困る。

と、スマホのヤフーニュースを見ていたら、菊池桃子さんがご主人とのツーショットを載せたインスタグラムを紹介していた。とても仲がよさそうだ。確かご主人は、次官間違いなしと言われた元エリート官僚。国民会議の民間議員であった菊池さんにアタックしたらしい。最初はマネージャーも交えて食事に行ったんだとか。仕事が激務のあまり、五十過ぎても独身を通していたやり手の官僚に、突然訪れた恋の嵐。そして誰もが憧れていた元アイドルを射止めることが出来たのである。

そうか、このテがあった。

国のそういう会合には、知性が売りものの芸能人も委員になることがある。こういう方と親しくなれる。結婚だって出来る。

民間の企業ではなかなか得ることの出来ない特権で、なんとか官僚の方々、頑張っていただけないでしょうか。トランプ政権下の国難は必ずやってくるはずなのだから。

文藝手帖、お前もか

今日はショックなことがあった。

毎年十一月になると送られてきた、文藝春秋の「文藝手帖」。これが今年でなくなるそうだ。

「戦前より発行してきた当手帖ですが、誠に勝手ながらこの二〇二五年版をもちまして、発行を終了することとなりました。

長年にわたり、日々の供としてご愛用くださりまことにありがとうございました」

そう書かれた紙がはさまっていた。本当に長年愛用してきたのに……。最近はスマホのタイムツリーと併用していたが、あちらは老眼の目につらい。

「やっぱり文藝手帖だわ」

業界の人、たとえば他の出版社の人とスケジュールを確認し合う時も、みんなこれを取り出した。文藝春秋から毎年これを送ってもらうのは、ちゃんとした業界人の証。

後ろの方には寄稿家住所録もあって、これに載るのはちゃんとした物書きの証。初めて名前と住所が記された時は嬉しかったなあ。

が、最近はプライバシーの問題で、住所や電話番号を載せない人が多くなった。Eメールだけの人もいる。

それにしても寂しい。手にとるとこの二〇二五年版は、モスグリーンの落ち着いた色。この手帖をいただくようになってから、もう四十年近くになるだろうか。若い時のスケジュール欄は、それこそ真黒になっていたはず。長く線を引いてあるのは海外旅行に出かける時だ。

今も棚にずらーっと保管されている文藝手帖。毎年一月五日か六日が、週刊誌の初めての〆切りとなり、そこに秘書が「初荷」と書いていたっけ。

この頃は雑誌の休刊も相つぎ、ずっとそこにあるものと信じていたものがひとつずつ消えていく。そしてついにこの文藝手帖もか。

もうひとつ、私にとってつらいことがあった。それはおとといのこと。久しぶりにカットとカラーリングに出かけた時のことだ。そうしたらそこのオーナーに、

「もうセミリタイアすることにしました」

と宣言されたのだ。

青山の大きなサロンは閉めて、銀座のレンタルスペースで、決まったお客さんだけ相手にするそうだ。

「もう年だし、そろそろ限界かなあって」

「そんなこと言わないでくださいよ」

私は叫んだ。

「ついこのあいだ、クリエイターとして、やってけるところまでやっていく、っておっしゃってましたよ」

海外のショーでも、作品を発表する実力者なのだ。

「でもね、体力もなくなったしね。でも来年のハヤシさんの大学の卒業式と入学式は、ちゃんとやらせてもらうから」

いつもヘアメイクをお願いしていた。着物に似合う華やかなスタイルやアップは、若い人にはなかなか出来ない。早々と日を押さえていたのである。

セミリタイアと口にしたオーナーが、急にフケたようですっかり寂しくなってしまった。七十過ぎてもおしゃれな人だったのに。

しかし希望はある。先週のことである。漫画家の弘兼憲史さんの「画業五十周年記念パーティー」に出かけたのだ。

ホテルに二百人ぐらいの人が集まっていた。発起人のスピーチが終わり、私は奥さんの柴門ふみさんを探した。すると前の方で、皿を持ち、早くも料理を食べ始めている女性の姿が目に入った。

「まさかね」

近づいていったら、やっぱり彼女だった。

「サイモンさんたら……」

思わず言った。

「ふつうこういう時、奥さんは着物着て、微笑んで主役の旦那さんの傍に立つもんじゃないの?!」

「あら、そうなの」

「でも、そういうところが大好きだよ」

弘兼さんは政界を舞台にした『加治隆介の議』という作品も書いているので、ファンのえらい政治家も何人もいらしていた。が、サイモンさんは「我関せず」で、おいしそうにビュッフェを食べている。

ご夫妻に初めて会ったのは、私がデビューしてすぐの頃。お二人もまだ若かった。その頃住んでいらした石神井《しゃくじい》のマンションで、麻雀をしたこともある。サイモンさんとは、バブルの東京を共に過ごした。お二人のすごいところは、どんなに有名になっても、どんなにお金持ちになってもまるで変わらないところ。外見もそんなに変化がないから嬉しい。

サイモンさんは、おいしそうにオードブルを頬ばりながら、

「ねえ、ねえ、○○さんが結婚したって本当?」

なんて聞いてくる。気取りのなさは昔のまんま。

そして変わらないといえば、来賓でスピーチをされたちばてつや先生もすごい。八十五歳の文化勲章受章者は、背筋がぴしっと伸び声にも張りがある。長身でカッコいい。私は先生の少女漫画で育った世代だ。その後は『ちかいの魔球』『ハリスの旋風《かぜ》』といく。漫画と読者との関係というのは極めて濃密である。生きてきた時代をきっかりと彩色してくれているのである。あの時読んだ漫画の一コマが、人生と重なっているのだ。

だから漫画家の方たちは、いつまでも長生きして、元気でいてくださらなければ困る。水野英子先生が、時々お元気な姿を見せてくださるのがどれだけ嬉しいか。『ファイヤー!』『白いトロイカ』、むさぼり読んだ少女漫画が次々と浮かぶ。

繰り返しになるが、ずーっと存在していると思っていたものや、人がいなくなるのは本当に悲しい。楳図かずお先生は早過ぎた。ものすごくフケたり、ボケたりされるのもイヤ。憧れの記憶に関して、人はものすごくエゴイストである。

ところで神宮外苑のイチョウ並木の伐採が早くも始まっているが、本気なんだろうか。

谷川さんのこと

谷川俊太郎さんが亡くなった。

SNSというものによって、言葉は使い捨てになり、同時に人を傷つけるための小石やこん棒になった。

その小石をいかに効果的に投げられるか、人が競い合ったアメリカ大統領選挙や、兵庫県知事選挙が終わった頃、谷川さんの訃報が伝えられたのだ。

先週このページで、ずっとあると思っていたものが無くなるのは本当に寂しい、と書いたが、谷川さんはその最たるものであった。日本人なら詩集を開かなくても、教科書で多くの作品に出会っているはずだ。私の世代だと「鉄腕アトム」の主題歌を歌い、「二十億光年の孤独」の幾つかのフレーズを暗唱した。

「死んだ男の残したものは」という歌は、いつ聞いてもじーんとしてしまう。朝日新聞に詩を連載中でいらした。

　九十過ぎても、ずうっとお元気で、日本について、世界について、言葉を残してくださるものとばかり思っていた。

「詩人はみんなのために言葉を準備する」

　と読売新聞に池澤夏樹氏が追悼文を寄せている。

「谷川俊太郎は七十年に亘って日本人の心のふるまいに言葉を与えてきた。高揚した時も、何かにぶつかって戸惑った時も、ぼくたちは彼を読んだ」

「彼がいるところが日本であり、そんな詩人は他にはいなかった。言ってみればこの何十年か、日本は彼の言葉と共にたそがれて今に至った」

　この「たそがれ」を、私はまざまざと見ることになった。日曜日の夜、テレビは兵庫県知事選をめぐる一連の動きを映し出していく。斎藤元彦前知事の街宣車のまわりは群集で埋まり、人々は「サイトー！」「サイトー！」と叫んでいる。

　こんなことを今さら言うのはナンであるが、私は斎藤さん、そこそこいくのではないかと予想していた。彼のキャラクターが、いかにも〝いじめられっ子〟で、ひょっとすると、批判が「同情」に変わるのではないかと。それは私の予想を大きく超えて大きなうねりとなったのである。

　インタビューを受けた人は、老いも若きも口にする。

「メディアはもう信用出来ませんから。ＳＮＳを見て投票しました」

私と同じくらいの年齢の女性も、こう言うではないか。

「よくここまで悪く言えると思うよね。メディアとして本当のことをちゃんとみんなに言わないと」

もう一人も誇らしげにこう語る。この年でも最新のメディアを見ていると、

「ＹｏｕＴｕｂｅの方が、自分で判断すれば正確なことを言っている」

それを見ていた司会者の宮根誠司さんは、

「ある意味で大手メディアの敗北ですよ」

とため息をつき、あの辛口の泉房穂さんまで、反省する、おわびする、と斎藤前知事に謝罪したのには絶句した。

これがフジテレビの報道だったので、

「そりゃそうだろう」

とは思った。大谷翔平選手から出入り禁止になったこのテレビ局を、私も全く信用していないからである。ただ、確かにレベルの低いフジテレビの報道であるが、その番組に出ているメイン司会者が、こうやすやすと負けを認めていいものであろうか。

今まで私は、大手メディアも問題ありだが、ＳＮＳはデタラメばっかりとずっと思っていた。が、今の日本人の多くは違うらしい。そして声の大きいユーチューバーの言うことを信用して

いるのだ。

N党の立花孝志氏のこととか、物書きの私にとって非常に不愉快な事実がいくつか明らかになり、そんな時に谷川さんの死である。

谷川さんとは一度おめにかかっただけ、それも立話である。小柄な方であったが、目の光の強さが忘れられない。

谷川さんが亡くなったことで、日本はますますたそがれて、言葉はこれほど無力、いや、有害なものになっていくのか。そんなはずはない。人を慰め、力づけるものも言葉であると私は信じたい。

ところで私はこの頃、言葉とドライで、愉快なつき合いをしているのだ。言葉を一つのツールとみなして、ボケ防止とする。そう、早口言葉である。

この一、二年、滑舌がひどく悪くなった。固有名詞が出てこないのは昔からであるが、決まり文句の次が出てこない。

理事長とはスピーチが仕事。行事だけではなく、日本各地の校友会の会合や学部や付属校の説明会、ありとあらゆるところに出かける。今日はさっき、グラウンドに駅伝選手の激励に行ってきた。出来るだけ短く、そして気のきいた締めの言葉を口にしようとするが、それが出てこない。

そんな折、新聞広告で川島隆太博士の『とっさに言葉が出てこない人のための脳に効く早口ことば』という本を見つけ、さっそく購入した。早口ことば芸人という方との共著だから面白い。

「母ハワイへ父秩父へ」「知事に直々にひじき」などというフレーズを、出来るだけ早く大きな声で暗誦する。毎朝必ずする。

あのおなじみの「東京特許許可局」ももちろん出てきて嬉しい。

「東京特許許可局《とうきょうとつきょきょかきょく》に勤《つと》めている角田《かくた》は急遽《きゅうきょ》、京都特許許可局《きょうとつきょきょかきょく》への異動《いどう》を命《めい》じられた。

その際《さい》、角田は過酷《かこく》な過呼吸《かこきゅう》に見舞《みま》われた……」

これはまだ続き、かなりむずかしい。この際だから調べてみたら「東京特許許可局」とは実在しないそうだ。やはりそうだったのか。

谷川さんの早口言葉で有名なのに、そう、

「かっぱかっぱらった
かっぱらっぱかっぱらった」

がある。今日はこれをずっと口にしながら、谷川さんをひとり偲ぶ。

日本語ってこんなに面白く美しいのに。

アリダサイコー

有田と書いて、アリダと読むということを初めて知った。

和歌山県有田市のことである。ここで第二十回エンジン01文化戦略会議のオープンカレッジが開かれることになった。これまでの開催都市に比べてこぢんまりとした市で、人口は二万六千人だ。ここで一万数千人を動員するイベントを行なおうというのだから大変なことである。

最初はなかなか講座の席も埋まらなかった。

私など当日行っただけで何もしなかったのであるが、大会委員長の鎧塚《よろいづか》俊彦さんはどんなにご苦労されたことだろう。

大会委員長というのは、その大会を全部仕切る。自分の出身地だったり、そこの市長さんと親しくて、

「ぜひそのイベントをよろしくお願いします」

と頼まれた人が委員長を引き受けることになる。

鎧塚さんは、以前から有田市の町おこしに協力して、市長さんと仲がよかったそうだ。私も何回かやったことがあるが、委員長は大変だ。企画を立てるだけではない。地元の企業をまわって寄付をお願いし、会場や宿泊先を視察する。盛り上げるための記者会見も何度も開く。

人気パティシエの鎧塚さん、お店は大丈夫だったんだろうか、と本当に心配してしまう。心配しながらも、勝手なことを言う私。

「トシさん、食べものだけはお願いしますよ。みんな、本当にそれを楽しみにしているんだから」

集まる百人以上の講師はすべてボランティアである。地方だとビジネスホテルしかない。それでもみんなが集まるのは、一年に一度仲間に会えて、知のセッションが出来るからだ。それと地元のおいしいもの。

「任せてください。パティシエの僕が大会委員長なんですからね」

当日、関西空港からバスに揺られること一時間。

ついたところは、隈研吾さん設計の有田市立有和中学校。メインとなる会場の一つだ。ここの体育館で歓迎会が行なわれる。ご馳走がいっぱい並べられている。こちらの名物太刀魚に鮎の柚庵焼き、レンコンサラダ……。

屋台も出ていて、地元の婦人会がつくったちらし寿司や、漁師さんが解体してくれたばかりのマグロに人が並ぶ。

中でもすごい人気だったのは和歌山ラーメンであった。濃厚なとんこつ醤油スープが特徴で、ミシュラン掲載店の店主が特別に小鉢で出してくれる。実においしい。

有田はミカンの名産地であるから、食べくらべの箱が並び、ミカンジュースやジュレもどっさり。有田のミカンは黄色く艶々《つやつや》してとても甘い。後に地元のスーパーで箱買いして東京に送った。

そして、いよいよシンポジウムが始まった。

私は二日間で五つの講座に出ることになっている。「やっぱり本が好き♡」「『望まない孤独』とどう向き合うか?」「少子化対策、何をする?」「読書のチカラ」、そしてクロージングシンポジウム。過密スケジュールだ。

「読書のチカラ」というのは、私の得意分野であるが、少子化問題、というのはかなり勉強しなくてはならない。専門家の方たちに混じってのシンポジウムなので、とんちんかんなことは言えないのである。本を何冊か読んでいったが、結局は聞き手にまわった。

しかし、こういう知らない知識の最前線で話を聞けることは、とても楽しいことである。

二日目の夜には、健康スポーツ公園を使って、アリダーズフェス〈食と音楽と花火の饗宴〉で大いに盛り上がる。

テントの屋台が並び、三千三百人が集まったそうだ。

音楽イベントの最後は、全員によるラップ。ホリエモンも奥田瑛二さんも、茂木健一郎さんも、東村アキコさんもみんながアリダサイコーと踊り歌う。知事も市長もさまになってる。そして最後は花火が上がり、あたりは熱狂につつまれた。

三日目、最後のクロージングシンポジウムは、「有田って本当にすごいとこ」。茂木健一郎さん、磯田道史さん、ゲストの隈研吾さんと登壇した。ここでは、作家有吉佐和子について話そうと考えていた。

私の愛する作家、有吉佐和子は和歌山市の出身であるが、『有田川』という名作を残し、この地域に深くかかわっている。

「少女の頃から有吉文学に心酔し、私はこの地に憧れを抱いていました。温暖で豊かな地には、大地主を中心に貴族趣味的なところがあり、非常に美しい日本語が使われてます」

という私の発言に、そのとおりと磯田先生が頷いてくれた。

私が〝人間グーグル〟と秘かに呼んでいる先生は、知らないことがない。瞬時のうちに、有吉さんの系譜はもちろん、この有田の地に、室町時代、一瞬幕府が置かれていたという事実まで教えてくださったのだ。

この大規模なフェスを鎧塚さんは、秋元康さんにプロデュースしてもらったものの、運営のプロを頼まず、自分と市の職員とでやり遂げたんだからすごい。皆の賞賛だらけのグループラインで、彼はこう書いた。

「明日からはいち菓子職人として頑張ります」

いちばん感動的な言葉だった。縁の下の力持ちとはこういう人をいう。兵庫県知事選挙のあと、

「すべて私のおかげ」

と言わんばかりに、選挙でのＳＮＳ戦略をｎｏｔｅに載せた女性社長に聞かせたいものだ。

資生堂のポーチ

知り合いの作家が言った。

「ハヤシさんのエッセイで、文藝手帖が今回限りだということを知った。すごくショック」

やはりあれは、文藝春秋から毎年送られてくるものだと思っていたらしい。

今年すでになくなっていたものがあった。それは新潮社のカレンダーである。余白のある大きなカレンダーをとても重宝していたのであるが、もうそれも廃止することにしたそうである。

「ずうっとあると思い込んでいたものが、突然なくなるって、すごく寂しいよね。それが手帳とかカレンダーだとしても」

その作家も、そうそう、と頷いてくれた。

「ハヤシさん、年賀状今年はどうしますか」

秘書のセトが尋ねる。暮れの忙しい時、何百枚も用意するのは確かに大変だ。やめる人が多いのもわかる。

「でも毎年楽しみにしている人もいるしね」

「ハヤシさん、これなんか年賀状にどうですかね」

彼女が持ってきたのは、桃の花見に行った時の一枚だ。編集者の人たち四十人でバスで出かけた。サプライズで、皆が誕生日を祝ってくれた写真である。

「古希の誕生日なんてスペシャルだから、それを使おうか」

私の似顔絵でデコレーションされたケーキを持って、とても嬉しそう。年賀状にはこれがいい。

年賀状を出来るだけ長く続けようと思うのは、私が毎年これを楽しみにしているからだ。印刷のそっけないものがほとんどであるが、家族の写真を使ったものは、じっと見る。確実にお子さんが昨年より大きくなっている。私の年代だと、孫の写真も増えた。

若い時は他人の家族写真にまるで興味がなかったのに今は違う。しみじみと見入ってしまう。

「長男○○は四月から△△大学に通います」

と誇らし気に記してあるものを見れば、

「えー、あの人、ものすごく勉強が嫌いで、確か推薦でいまひとつのとこ入ったのに、子どもはこんなに出来がいいんだ」

などとあれこれ思い出すのも、お正月ならでは。

このところやたら多いのは、

「停年退職を迎えました」

というもの。

「故郷に帰って隠居となります」

「〇〇会社で第二の人生をスタートします」

中には長年お世話になった仕事仲間もいて、もう会えないかなと悲しくなる。来年のお正月はもっともっと増えるに違いない。それでもやっぱり年賀状は欲しいものである。

ところで全く話が変わるが、資生堂の業績の悪さが大きなニュースになっている。中国での販売が全くうまくいかなくなったらしい。資生堂といえば、日本人のみならずアジア女性の憧れの的のブランドであった。来日した中国人も、どっさり買っていたはず。ところが今や、安い中国産の化粧品を現地の人が使うらしい。そういえば、私のまわりの若い人も、安い韓国コスメを使っている。

それにしても資生堂は名門中の名門企業。学生の就職希望人気ランキングでも、高い位置にいる。その資生堂が、前年同期比九十六パーセントマイナス、などという数字を世にさらしているのは、

「ものすごいショック」

私がいつもお願いしているヘアメイクのA子さんは悲しそう。彼女は私よりも十歳年下。資

生堂の美容研究所に入りたくて、専門学校で頑張ったということだ。

「資生堂はとてもいいところで、今の私があるのもあそこのおかげだと思う」

今や売れっ子の彼女は、メイクのテクニックもさることながら、人柄が素晴らしい。皆に好かれているのも、資生堂で鍛えられたせいか。

「私の年代の女性は、資生堂には特別の思いがあるはずよ。それはね……」

いつものように思い出話を始める古希の私。

あの頃の高校生は、誰もお化粧してなかった。せいぜいがリップクリームぐらいである。そしてこういう私たちのために、卒業間際、資生堂が講習会を開いてくれたのだ。女子生徒が集められ、簡単なメイクの基礎を教えてくれる。

「今だったら、特定の企業がそんなことをするの、公立だったら許されないかもしれないけど、私たちの時代はあったのよ」

「え、私の時もあったわ」

「へえー。そしてね、美容部員のお姉さんが、こそこそって相談して、キレイな子を二人選び出す。その子にメイクをするのよ」

「私たちも同じ」

「そうなんだ。彼女たちがますますキレイになって、すごく羨ましかったなあ」

「私もそう」

講習会が終わった後、私たちに一個ずつポーチがプレゼントされる。中には小さな口紅やアイシャドウ入りのコンパクトが入っていた。

「あれは嬉しかったなあ。あのポーチは上京してからもしばらく使ってたよ」

「そうそう。口紅は全員ピンクでね」

「当時の私たちは、化粧品といえば資生堂だったよ。それなのにこんな業績悪くなるなんて、とてもつらいよ」

「マリコさん、安心してください」

A子さんは、私の睫毛をカールしてくれながら言った。

「来年の三月、資生堂から社運をかけた美容液が出るの。これが本当に素晴らしいんです。老化にはたらきかけてくれるんだけど、効きめがすごい」

私はもう商品説明会に行き、しっかり試してきましたとA子さん。

「資生堂は大丈夫ですから安心してください」

とのことで、私も胸をなでおろした。最近は他社のものばかり使っていたのに。

ところで今日、出版関係のパーティーに行ったら、なくなって寂しいものの中に講談社のコーティング紙袋も加えてほしいとのことであった。

朝食の幸せ

このところの時間の過ぎる早さといったら、空怖ろしくなるほどである。

もはや「十二月は逃げる」などといった、古風なやさしい表現など出来ない。

あっという間に週末がきて、月曜日になるとまたすごいスピードで金曜日が訪れる。そして土日も、これまたスケジュールがいっぱいだ。家でゆっくりしたことなどこの半年なかった。

そんなある日、

「ハヤシさん、さぞかし忙しいことでしょう。息抜きに京都にいらっしゃいませんか」

というお誘いをいただいた。

「紅葉の頃にぜひ」

といっても十一月の土日も、びっしり予定が入っている。空いているのは十二月七日と八日の週末だけ。

「もうとっくに散っちゃってますよね」

と聞いたら、

「いやいや、今年の夏の暑さで、紅葉シーズンが遅れているんですよ」

ということで、さっそくホテルの予約をした。最近京都に泊まりがけで行ったことがない。タクシーの問題があるからだ。駅のどの乗場にも長い行列が出来ている。ホテルまで行くことを考えると、ちょっと怯んでしまうのだが、

「そうだ、駅前にすればいいんだ」

そう考える人は多いようで、駅前には素敵なホテルがいくつもオープンしている。私はごくふつうのホテルの、ツインの部屋を予約したのであるが、部屋の値段が噂どおり上がっている。

「えー、この部屋でこの値段かー」

と友人に部屋の写真を送ったところ、

「甘いよ」

と返事がきた。

「外資系はケタが違ってるよ」

このあいだ夫婦でいき、一泊数十万という金額にのけぞったらしい。

「もはや私たちは、インドネシアの高級ホテルと地元民という関係らしい」

といっても、お金持ちのご主人がいて、払ってくれたんだからいいじゃん、とやっかんでし

まう私。

ホテルの料金のことよりも、肝心の紅葉であったが、本当に素晴らしかった。樹々が最後の力をふりしぼって、パーッと色を出したという感じであろうか。

紅葉の名所、永観堂に開門と共に入った。見事な紅葉のトンネルをくぐる。どんなに赤が強くても品がいいのが京都のカエデ。こんなに美しいものを見られるのなら、世界中から人が集まってくるわけだ。

森林浴という言葉があるが、紅葉の中を歩くのも気持ちが清々する。いい空気が肺の中に入ってくるのがわかる。

その日の夜は、東京のわが家でぐっすりと眠ることが出来た。

全く忙しい、忙しいといってもラチがあかない。時間をつくり、少しでも楽しいことをやっていこうと決心した。まずは小さいことから。

最近朝ごはんが楽しくて仕方ない。お歳暮にりんごをいっぱいいただいたので、むいてどっさり食べる。それから蒸し器を取り出す。強いガス火にかけ、蒸気が立ってきたら、これまたお歳暮の冷凍の肉まんじゅうと、餡《あん》まんじゅうを並べる。

私はこういうことを電子レンジで済ます人が信じられない。どうしたって蒸し器でしょう。待つこと十分。蒸気の力で、ふわふわのおまんじゅうになる。これをゆっくりとお茶で食べる。この幸福感をどう言ったらいいだろう。大げさと言われるかもしれないが、全てのことに感謝したい思いだ。

世界中には飢えと寒さに苦しんでいる人たちがいっぱいいる。それなのに、毎朝こんなおいしい、ふかしたての中華まんじゅうを食べられるのだ。日本人って、私って、本当に運がよかったのだ。感謝しなくてはならない。

ところで私が週に一回、必ずといっていいほど通っているバレエヨガの教室では、先生公認（黙認か）のおやつタイムがある。皆が持ちよったお菓子を食べるのだ。これがとても楽しい。おせんべいやキャンディが配られピクニック気分。

このところ私は、韓国ものをおやつに持っていくことが多い。このあいだは模様がとても美しい、伝統的な韓国菓子を持っていった。今週は韓国海苔をひと缶ずつ配った。

というのも、先月「韓国校友会の集まり」があり、学長と一緒に出かけたのだ。焼菓子や海苔はその時のお土産である。

おいしい焼菓子に、ヨガ仲間は大喜びだった。

「これってめちゃくちゃ人気のあるお菓子だよ」

ヨガ仲間の韓国愛はハンパではない。しょっちゅう三人か四人でソウルに旅行している。先日はヨガそっちのけで、ＬＩＮＥであれこれ調べては、

「やっぱり二日めの夜は焼き肉でしょう」

と相談していた。今月末に食べ歩きの旅に出るそうだ。彼女たちは何度も日帰りでミュージ

カルを見に行ったりしている。すごい体力だ。

「だって韓国のエンタメは最高だし、食べるものは何でもおいしい。ソウル大好き」

そういう彼女たちを悩ませているのが、昨今の韓国大統領が非常戒厳を出した問題である。

今月本当にソウルに行くことが出来るのか、みんなニュースに釘づけだ。

「今の大統領が親日派だったから、ビザもなくなることになったのにね」

相変わらず情報通のカズ先生。

「おそらく次の大統領は、ものすごい反日の人になるよ。そうでなけりゃ、民衆のエネルギーのハケ口がなくなるもの」

だからソウルに行くのも今のうちかもねー、と焚きつけるのだ。

私はソウルに行ったのは三回ぐらい。が、こよなく韓国料理を愛する者である。

中華まんもいいが、韓国風お粥の朝食を食べてみたい。大統領の今後よりも呑気なことを考える私だ。

星に願いを

沖縄の知り合いから車海老が送られてきた。オガクズの中でまだ元気に動いている。

「ひえーっ」

ライブは苦手である。しかし新鮮な車海老は食べたい。お手伝いさんに頼んでお刺身にしてもらった。

秘書のセトにも三尾あげた。

「新婚の食卓にどうぞ。海老フライにでもしたら」

しかし彼女はその車海老を、水槽の中で飼い始めたという。

「シャーロットと名前をつけました。見ていたらなんだか可愛くなって」

変わってるーと思ったが、忙しさにまぎれてすっかりそのことを忘れてしまった。昨日、ふと思いだし、

「シャーロット、どうした」

「お味噌汁の具にしました」

という返事。

「アサリのむきみを与えて二週間飼ってみたんですが、水槽から跳ねて、うちの犬が怖がるんですよ」

それで食べてしまったということか。シャーロット、あっけない命であった。

さて、この号が出る頃には終わっていると思うが、やはりクリスマスは楽しい。プレゼントだの、デイトだの、というものと無縁になっても心がわくわくする。

今は日大の市ケ谷本部にいる私。

「今年もツリーをお願いしますよ」

と早い時期に頼んだのであるが、あまりいい顔をされない。また面倒なことを押しつけてという感じである。十二月になってもまだ何もしてくれない。

「ねえ、まだなの」

いつも一緒にいる次長に言ったところ、

「優先順位があるんです」

だと。あらそうなの。むっとしていたら、彼から写真が送られてきた。

「リジチョーが帰った後で、総務と二人飾りつけしてますから」

「ありがとう」

しかしツリーと飾りは昨年の使いまわしだ。

「ちょっとしょぼくない？」

「いまうちは全て節約ですから」

そもそも私が来るまで、本部にツリーを飾る習慣がなかったのだ。お正月は立派な門松を立てるくせに。

今日は女性の副学長が、この次長に謝っていた。二階の窓から見える観葉植物に、勝手にイルミネーションをつけたんだそうだ。

「そんなのどうだっていいじゃん」

しかし管財部に相談しなければいけなかったそうだ。

そこに学長がニヤニヤしながらやってきた。

「リジチョーが見たら、かなり怒りそうな写真見せますよ」

それはそれは立派なクリスマスツリー。吹き抜けロビイの天井まで届きそうだ。経済学部が今年飾ったもの。業者に頼んだという。

「私たちはイルミネーションつけただけでネチネチ言われるのに……」

本当に面白くない。

それを察してか、次長が私に星を三つくれた。

「これに願いごと書いて、明日つけにいったらどうですか」

確かに経済学部と市ケ谷とは目と鼻の先。私は星に願いごとを書いた。

「これ、どうかしら」

「あまりにも切実過ぎて、みんな引くかもしれません」

構うことはない。ツリーの目立つところにしっかりとつけようと心に決める。

そして今日行ってみたら、星がたくさん飾られていた。学生が願いごとを書いたのだ。

「卒業したい」

「〇〇ゼミ合格！」

「彼女欲しい」

などというのは学生らしいが、

「長生きしたい」

というのはいったいどういう意味なんだ。

ところで年の瀬が迫ると、寂しいことがいくつか起こる。大河「光る君へ」がついに最終回を迎え、ぼーっと放心状態のようになってしまった。一回も欠かさず見ていた。まひろとの長い旅が終わったような気分だ。

源氏物語を軸に見せてくれた政治劇は、どんな戦闘シーンよりも面白かった。物語に必ず終わりがくるように、どんな権力者もどんな美女も、いつかは死んでいくのだという無常感を残してドラマは終わった。

ドラマの最後、まひろは駆けていく武者たちを見送る。源氏物語が、やがて平家物語に変わっていくだろうと予感される素晴らしいラストだった。

もうこれで日曜日の夜の楽しみがなくなってしまうことになるが、もうひとつだけ残っていた。ＴＢＳの「海に眠るダイヤモンド」も、私の大好きなドラマである。これも今週最終回を迎えるので本当に寂しい。

軍艦島を再現したセットが素晴らしかった。写真だけしか見ていないあの廃墟の島に、電気がつき、人々がいきかい、煙が上がり始めたのだ。

そこで働く食堂の娘の杉咲花ちゃんが、本当に可愛くていじらしくてたまらない。昭和三十年代のにおいが漂っている。他にも芸達者の俳優さんたちがずらり並んで、まるで映画のような見ごたえであった。

今年は「宙《そら》わたる教室」など、いいドラマがいっぱい。中でも特筆すべきは、「虎に翼」だ。一回も見逃せない朝ドラであった。つくり手の志がじんじんと伝わってくる。

やがて担当した脚本家の吉田恵里香さんが、日本大学芸術学部文芸学科の卒業と聞いてすっかり嬉しくなった。私の後輩である。

吉田さんは「今年の顔」として、紅白歌合戦の審査員をなさるとニュースになっていた。他の人は……と見てびっくりだ。漫画家の青山剛昌さん、俳優の河合優実さん、この吉田さんと、八人の審査員のうち三人が日大芸術学部出身なのだ。
私の星の一つには「日大復活」と書かれている。

銀座の不思議

銀座にはしょっちゅう行っているが、範囲が限られている。

日比谷近くのクリニックで、ビタミン注射をしてもらい血圧も計る。インフルエンザや帯状疱疹の予防接種もここでやってもらった。

帰りは四丁目の交差点に背を向け、数寄屋橋公園の前を通る。そして銀座ファイブを抜け、帝国ホテル近くの階段から地下鉄日比谷駅に向かうのがいつものコース。

銀座ファイブは、ちょっとあやし気、というと失礼か。あまり見かけないお店が並んでいて大好きなところだ。

コインやブランド品だけでなく、ウイスキーを高値で買い取ってくれるところがある。

そうかと思えば、

「このお洋服、いったい誰が着るんでしょうか」

と尋ねたくなるぐらい、キラキラの少女趣味のものを集めたお店も。近くの東京宝塚劇場に行く方々の趣味とも思えない。

私はここを通るたびに、いつも今はもう無き赤坂エクセルホテル東急を思い出す。よく連載の対談場所として使っていたところだ。ここのアーケードも不思議なところが多かった。まるで売る気のない靴屋さんや、マッサージ屋さん。宝石屋さんもあり、ここでアクセサリーの修理を頼んだところとても親切であった。

とにかく人の気配がない。やや暗い廊下はいつもしんとしていた。古いホテルのショップはたいていそうだ。

「これで商売になるんだろうか」

といつも心配していたところ、ホテル自体もなくなってしまった。なんだか淋しい。

帝国ホテルはもちろん、繁盛している名門ホテルであるが、その地下といえばやはりひっそりとしている。ブティックは品のいいものが並んでいるが、お客さんをほとんど見たことがない。

タオル屋さんに、アクセサリーショップ、美容院にギャラリー。いかにも一流ホテルらしく、刀剣や陶器、真珠・ジュエリー店、骨董のお店もあるけれど、やはりお客がいない。が、ずうっとここで営業しているところを見ると、ちゃんと常連客はいるんだろう。私が案じることはない。

帝国ホテルに行くたび地下にも足を伸ばす。買えないけれど、高級なお店をざっと見て虎屋菓寮に入る。ここは週末以外はいつもすいていてよく使う。ちょっとした空き時間に本を読むのにちょうどいい。店員さんはもちろん、お客さんも品がよく、大声で話したりしない。いかにも帝国ホテル虎屋という感じ。

この虎屋さんで驚いたことがある。セレブの友人が食事会に誘ってくれた。食事会といっても、評判の高い和食屋さんのカウンターを貸し切りにしてくれたのだ。来た人それぞれが自分の分を払うという会。だから初対面の方々が、誰だかあまりわからなかった。

が、隣りに座っていた紳士が、とてもフレンドリイな方で名刺をくださった。虎屋の社長さんであった。

「ハヤシさんはよく、うちの帝国ホテル店をご利用してくださるそうですね」

とおっしゃってくださり恐縮した。私のことが社長さんにまで伝わっていたとは。

そして一ヶ月過ぎた頃、その帝国ホテル虎屋で店員さんに話しかけられた。

「ハヤシさん、このあいだうちの社長とご飯食べてくださったそうで、ありがとうございます」

このコミュニケーション、なんかすごいと思いませんか。

さていつも日比谷方面にしかいかない私が、中央通りを越えることがあった。それは暮れも迫った日曜日のこと。

「今度狐をやるから観にきてね」

狂言の野村万蔵さんから言われたのだ。野村さんはお相撲が大好きで、時々国技館にご一緒する。

「〇〇山〜」

と彼が声を出すと半端ない。なにしろ狂言で鍛えているから、声の通りが一般人とまるで違うのだ。

「僕の鳴き納めの記念の会だから、是非来てください。釣狐をやります」

私はまるでそういうことにうといのであるが、狂言は「猿に始まり狐に終わる」と言われているそうだ。幼少の頃、猿の役でデビューし、やがて壮年は狐の演目でいち段落するということらしい。そういえば昔、コーヒーのＣＭでそんな言葉を聞いたような。

来年還暦の万蔵さん、五十代のうちに鳴き納めをしようと思ったのだが、四年前、思いもかけない大病で断念したそうだ。釣狐という演目は、狂言の中でいちばんの難曲であり秘曲といわれる。ともかく心身共に非常に過酷な役とパンフレットにはある。今回は体力も気力も戻り、満を持しての狐なのだ、ということで、銀座シックスの能楽堂に向かった。

銀座は人でいっぱい。インバウンドの方々が、家族連れで歩いている。しかし私はまだ見くびっていた。なぜなら銀座シックスはいつも空いているからである。お昼ごはんを食べそびれてしまった。蔦屋書店が入っている階で、何か食べようと思っていた私は本当に甘かった。

実はここに来るのは久しぶりだ。その間に大きく様変わりしていた。人、人、人で、エスカレーターもぎっしり。レストランもカフェも、地下のイートインも長い行列が出来ている。

銀座を、東京をなめていた私。二年間も来なければどんどん変化しているのだ。日比谷駅から歩いてきたのでかなり疲れていた。喉も渇いている。しかしお茶一杯飲むところもないし、座るところもない。開演までまだ時間がある。

考えた挙句、地下のワインショップ・エノテカのイートインで、シャンパンを一杯注文した。ついでにチーズとパンも。ドキドキしている。まるでお上りさんの気分だ。能楽堂は着物姿の女性も目立つ。外国人だらけのビルの地下で、狐が跳ぶ。銀座は本当に摩訶不思議なところ。

特別編
すべてはここから

もう四十年も前のことになる。

あの頃のサブカルチャーのうねりを、うまく表現することは出来ないけれども、人間の評価に「センス」というものが加わり、それを持っている人たちが権力をふるい始めた。ＹＭＯ、原宿セントラルアパート、ピックリハウス、サディスティック・ミカ・バンド、マガジンハウスと、さまざまな固有名詞をあげることが出来る。その中でもひときわ輝きをはなっていたのが、コピーライターという職業であった。

しかもコピーというのは、一行で済むらしい。なんといい職業であろうか。

当時、ウソかホントか、

「一行一千万」

という言葉が、さらに若者の心をそそった。私が入学した夜間のコピーライター養成講座は満員だったと記憶している。やがて私は小さなプロダクションを経てさらにチャンスをつかもうと、糸井重里氏のコピー塾に入った。糸井氏は、コピーライター界のスーパースターであるばかりでなく、時代の寵児として燦然と輝いていたのである。

とにかく目立とうと、最前列に座り手を上げ続けていた私は、糸井氏の目にとまり、弟子兼電話番として雇われることとなった。氏はほどなく、私にコピーライターとしての才能がまるでないことを知るのであるが、いきがかり上、フリーで食べていけるようにしてくれた。その中の仕事に「熱中なんでもブック」というPR誌の編集があった。今は亡きアナーキーな天才、秋山道男さんの元に、中野翠さんらが集まったのである。

前置きが長くなったが、この中に中野さんの知り合いの編集者が一人混じるようになった。主婦の友社に勤める松川さんという四十代の男性で、遊び半分バイト半分、という感じで事務所に出入りしていたのだ。

彼から本を書かないかと言われたのは、知り合って半年ぐらいたった頃であろうか。当時私は糸井さんのおかげで、コピーライターの芥川賞といわれた、東京コピーライターズクラブ新人賞をとり、「クロワッサン」「ポパイ」といったメディアでも、ぼちぼち取り上げられるようになっていた。

そんな私に松川さんが白羽の矢を立てたのは、椎名誠さんや嵐山光三郎さんといった人たちの、「昭和軽薄体」という文章が世の中を席巻していたことが大きい。女性では、エッセイの女王はレモンちゃんこと落合恵子さん、そして安井かずみさん、といったところか。私にとっては大チャンスであるが、まだ私に「根性」というものは芽生えていなかった。長いものを書くのがめんどうになり、私は一年間ほったらかしにしたのである。業を煮やした松川さんに、ある日呼び出された。

「君はコピーライターの世界では、少しは知られているかもしれないけれど、ふつうの人は誰も知らない。そんな君に本を出させてやろうとしているのに、どういうことだ」

その時、どうしてあのようなことがひらめいたかわからない。

「駿台に、作家が使う山の上ホテルというのがあるらしい。あそこに泊まらせてくれたら書きます」

たぶん何かの記事で、

「芥川賞、直木賞を受賞して、まず一作はこのホテルで書く。ここでカンヅメになる」

というのを読んでいたのだろう。

松川さんは言った。

「それはいい考えだね、すぐに予約してあげる。でも費用は林さん持ちだよ」

そして私は原稿用紙と着替えを持ち、山の上ホテルに入ったのだ。クラシカルな品のいい建物であった。部屋はツインで、大きな机を用意してくれていた。電気スタンドと、ホテルのクッキーの缶が置かれていたことを、今でも懐かしく思い出す。チンピラの女の子を、ホテルはちゃんと作家扱いしてくれたのである。

夜はルームサービスで、手鞠鮨というのをとった。丸い形をしたお鮨だった。それを食べていると松川さんがやってくる。

今、考えるとベッドのある部屋で、男の人と長時間二人きりになるというのは、かなり不思議なシチュエーションであるが、当時は何も思わなかった。やはり本を書く、という目的に向かい、二人心を通わせていたからであろう。

長いものを書いたことがない私に、松川さんはまず、見出しを三十くらいつくらせた。それに沿って七枚ぐらい書いていけばいいというのだ。全く自信はなかったが、彼は毎晩、私の書いたものに声をたてて笑うようになる。

それが私の初めての本『ルンルンを買っておうちに帰ろう』である。

そのヒットにより、たちまち連載を多く持つようになった私は、夢みていたとおり「カンヅメ」をしょっちゅうするようになる。ホテルはもちろん山の上ホテル。

いつしか、ホテルの人に、

「林さん、お帰りなさい」

「林さん、いってらっしゃい」

と言われるようになり、すっかり気をよくした。お金も入って、ホテルの中のレストランでローストビーフや天ぷらを堪能するようになる。山の上ホテルは、朝ご飯が素晴らしかった。赤い頰をした素朴な感じの若い女性が運んでくる、焼きたての鮭に、熱々のお味噌汁。ご飯はおひつにいっぱい。

朝ご飯を食べた後は、後ろの公園か神保町の方まで散歩する。坂の下に主婦の友社ビルがあった。何度か行ったが、まるで与謝野晶子がそこらへんから出てきそうな、格調高い建物であった。ソファの背もたれに手編みのレースがかけてあったのも忘れられない。

しかしやがて、私と山の上ホテルとの蜜月が終わる出来ごとが起こった。フロントに鍵をもらいに行った時、編集者らしき男性が私の前に立った。そして、

「池波正太郎先生は、お部屋にいらっしゃいますか」

と言い、私をジロリと睨んだのである。

それは、

「『ルンルン』で売れたかもしれないが、お前ごときが泊まるところではない」

と言っているように思えた。

仕方なく私は、常宿を九段下のグランドパレスに替えたのである。

そして時はたち、日大の理事長となった私は、ランチを食べに、山の上ホテルに時々寄るようになった。

私の恩人である主婦の友社の社屋はなくなり、その跡地にカザルスホールが建っている。

私の泊まった山の上ホテル別館は、明治大学のものとなり今は広場だ。今、本館は老朽化で閉鎖が決まった。このホテルに毎晩来てくれた松川さんももうこの世の人ではない。

すべてはここから始まったのに、すべてが潰えようとしている。


（月刊「文藝春秋」二〇二四年二月号）

林真理子（はやし・まりこ）

1954年山梨県生まれ。日本大学芸術学部を卒業後、コピーライターとして活躍。82年エッセイ集『ルンルンを買っておうちに帰ろう』がベストセラーとなる。86年「最終便に間に合えば」「京都まで」で第94回直木賞を受賞。95年『白蓮れんれん』で第8回柴田錬三郎賞、98年『みんなの秘密』で第32回吉川英治文学賞、2013年『アスクレピオスの愛人』で第20回島清恋愛文学賞を受賞。主な著書に『葡萄が目にしみる』『不機嫌な果実』『美女入門』『下流の宴』『野心のすすめ』『最高のオバハン 中島ハルコの恋愛相談室』『愉楽にて』などがあり、現代小説、歴史小説、エッセイと、常に鋭い批評性を持った幅広い作風で活躍している。『西郷どん！』が2018年のＮＨＫ大河ドラマ原作に。同年紫綬褒章受章。20年には週刊文春での連載エッセイが、「同一雑誌におけるエッセーの最多掲載回数」としてギネス世界記録に認定。同年第68回菊池寛賞受賞。近著に『小説８０５０』『李王家の縁談』『奇跡』『皇后は闘うことにした』などがある。

マリコにもほどがある！

2025年3月14日　第1刷発行

著　者　林《はやし》 真《ま》理《り》子《こ》

発行者　花田朋子

発行所　株式会社　文藝春秋

〒102-8008　東京都千代田区紀尾井町3-23

電話　03-3265-1211（代）

印刷所　TOPPANクロレ

製本所　加藤製本

ＤＴＰ　言語社

万一、落丁・乱丁の場合は送料当方負担でお取替えいたします。小社製作部宛、お送りください。
定価はカバーに表示してあります。

ISBN 978-4-16-391953-9